LE REBELLE

DANS LA MÊME SÉRIE

À PARAÎTRE

ROSWELL™

MELINDA METZ

LE REBELLE

Fleuve Noir

Titre original :
The Rebel

Traduit de l'américain par
Anne-Virginie Tarall

Série proposée par Patrice Duvic

© 2000 by Pocket Books, a Division of Simon and Schuster
© 2002 Fleuve Noir, département d'Univers Poche,
pour la traduction en langue française.

ISBN : 2-265-07297-4

CHAPITRE PREMIER

Max Evans étala une couche de moutarde forte sur sa barre AstroNut, prenant soin d'en mettre partout.

Les êtres de sa planète d'origine goûteraient cette friandise pour la première fois. Il voulait que l'expérience soit *parfaite*.

Yeux clos, il leva l'AstroNut jusqu'à son nez et inspira lentement. L'odeur du condiment lui chatouilla les narines ; celles du chocolat et de la noix de coco lui mirent l'eau à la bouche.

Max sourit en sentant l'impatience grandissante des êtres qui composaient la conscience collective. Il attendit presque qu'ils le supplient avant d'en prendre une bouchée.

Les saveurs explosèrent sur ses papilles gustatives – le sel des cacahouètes toujours un peu amères, l'exquise douceur exotique de la noix de coco râpée, la légère amertume du chocolat noir…

Max avait ingurgité plus d'un millier d'AstroNut

au cours de sa vie. Aujourd'hui, grâce aux réactions de la conscience collective, c'était comme s'il en mangeait pour la première fois.

Et il découvrait tellement de choses…

Il éprouvait la délicieuse sensation du chocolat sur sa langue. Les cacahouètes craquaient sous ses dents. Quant à la moutarde, elle lui brûlait agréablement la gorge.

— Puis-je en avoir une bouchée ? demanda Maria DeLuca.

Il fallut un instant à Max pour enregistrer la question et son origine, tant il était absorbé par les réactions de la conscience collective à la barre chocolatée. Il avait perdu de vue qu'il était dans la cafétéria du lycée avec sa sœur Isabel, Maria, Liz Ortecho, et Michael Guerin.

Chaque jour, la connexion entre la conscience collective de son peuple et le jeune homme se renforçait. Au point qu'il lui arrivait d'oublier où il était et avec qui.

De décrocher…

— Allez, Max ! supplia Maria. Tu auras ma reconnaissance éternelle…

Elle enroula une boucle blonde autour de son index.

Max sourit.

C'était le genre d'attitude que provoquait Maria en mode « mignonne à croquer ».

— Bas les pattes, *chiquita* ! N'oublie pas que

c'est à mon homme que tu parles, la « menaça » Liz, ses yeux bruns pétillants d'espièglerie.

— Alors dis à *ton* homme de partager sa barre chocolatée avec *ta* meilleure amie, répliqua Maria, impénitente.

— Je veux bien partager, dit Max, un bras tendu.

La friandise approcha des lèvres gourmandes de la jeune fille.

— Je ne voudrais pas être à l'origine d'une dispute, ajouta-t-il, narquois.

Michael plaqua une main sur la bouche de Maria une seconde avant que la barre chocolatée touche ses lèvres.

— Je ne te laisserai pas commettre une aberration pareille, dit-il. Il est clair que tu souffres d'une crise de folie momentanée. Depuis quand n'as-tu pas introduit une nourriture contenant des conservateurs dans le « temple qui est ton corps », comme tu te plais à nous le seriner ?

— En plus, tu auras de l'acné, renchérit Liz.

— Mais ça n'en donne pas à Max ! protesta Maria.

— Parce qu'il passe une demi-heure chaque matin devant la glace de sa salle de bains à utiliser ses pouvoirs pour s'éclaircir le teint, expliqua Isabel.

D'un geste plein de grâce, elle rejeta ses longs cheveux blonds dans son dos.

— Eh ! s'insurgea son frère. Certaines choses sont très intimes !

Maria se dégagea, prit la barre chocolatée que lui tendait Max et y mordit à belles dents.

— Alors, qu'en penses-tu ? demanda Max quand elle l'eut mâchée et avalée.

La jeune fille fronça le nez.

— Je n'arrive pas à croire que nous ayons mangé la même chose…, répondit-elle.

Elle baissa la voix.

— Je sais que les extraterrestres ont des papilles gustatives différentes des nôtres, mais j'ai vu ton expression quand tu as mordu l'AstroNut. On aurait dit que tu allais avoir un or…

Elle s'arrêta, les joues toutes roses.

— Un quoi ? la taquina Michael, une lueur amusée dans le regard. Allez, Maria, termine ta phrase. Un quoi ?

— Un… On aurait dit que Max allait faire une… expérience originale, balbutia-t-elle, virant au cramoisi.

— Maintenant que je suis sans cesse connecté à la conscience collective, c'est comme si tout était nouveau pour moi, expliqua Max. Quand j'ai mordu dans l'AstroNut, ce n'était pas seulement moi qui y goûtais, mais tous les êtres de la conscience collective. Et eux n'en avaient jamais mangé.

— Ne peux-tu les empêcher d'envahir ton intimité ? demanda Isabel.

— Avant, je décidais quand établir une
connexion, répondit son frère. Aujourd'hui, elle est
plus ou moins permanente. Je peux à la rigueur
« baisser » ou « monter » le volume, si tu vois ce
que je veux dire…

— Permanente…, répéta la jeune fille.

Elle fit un petit tas avec ses sachets de sucre
vides puis s'empara de ceux de Liz et les ajouta à
sa pile.

Elle flippe complètement, réalisa Max.

Dès qu'Isabel entrait en mode « nette et ordon-
née », une chose la perturbait ou la bouleversait…

— A la vérité, c'est plutôt cool, dit Max. Tu
redécouvres le monde entier… Comme si tu faisais
tout pour la première fois. Ils réagissent de la
même façon que toi jadis. Alors, tout devient
plus… intense.

— Mais tu ne peux pas couper le son, seulement
le baisser, c'est bien ça ? demanda Michael.

Lui non plus ne semblait pas enchanté par cette
perspective.

— Oui, admit Max.

Michael passa les mains dans ses cheveux ébou-
riffés.

— J'ai lu un truc au sujet d'un type, au Japon,
qui avait accepté d'être filmé par la télévision
vingt-quatre heures sur vingt-quatre. L'expérience

11

devait durer un an. Pendant ce temps, il ne devait pas sortir de chez lui et recevait uniquement les produits qu'il gagnait. Au début, il n'avait ni nourriture, ni fringues, ni même un rouleau de papier toilette…

Michael se tut un instant, histoire de reprendre son souffle.

— … Ce type, c'est toi, Max !

— Eh ! J'ai toujours utilisé du papier toilette !

Michael n'eut pas l'ombre d'un sourire.

— Bientôt, je serai aussi ce type.

— Et moi, un jour ou l'autre, renchérit Isabel.

C'était la vérité. Michael et Isabel se connecteraient à la conscience collective de leur peuple quand ils traverseraient leur *akino*. Ce serait ça ou mourir.

— Et c'est toi, Max, qui auras fait les expériences les plus *originales*, ajouta Michael. Si je mange un AstroNut après mon *akino*, la conscience collective y aura déjà goûté. Ce ne sera plus pareil.

— Oubliez ces histoires de barres chocolatées ! dit Isabel, cassante. Max, si tu es en communication constante avec la conscience collective, essayez au moins d'échanger des informations importantes. As-tu pensé à demander comment va Alex, aujourd'hui ?

Alex Manes était un des meilleurs amis de Max. Une dizaine de jours plus tôt, il avait été aspiré par le vortex que la conscience collective avait ouvert pour renvoyer DuPris sur sa planète.

— Tout de suite ! répondit Max.

Il prit plusieurs inspirations pour approfondir la connexion, jusqu'à ce qu'il sente son aura se dissoudre dans l'océan de la conscience collective.

Il invoqua une image mentale d'Alex – cheveux roux foncé, yeux verts –, essayant d'y insuffler le sens de l'humour loufoque du jeune homme et son attitude « pas de quartier ! » quand il s'agissait de protéger ceux qu'il aimait. Puis il projeta l'image dans la conscience collective et surfa sur les auras, analysant leur réaction.

Ce qu'il capta le rassura. Alex était sain et sauf. Les habitants de son monde n'avaient pas réussi à s'habituer à sa présence, mais ils…

Soudain, Max toucha un groupe d'auras qui lui donna l'impression de plonger dans du métal en fusion. Il avait vécu une expérience semblable – à l'approche de ces auras-là ou d'autres, qui exprimaient les mêmes sentiments.

Ces êtres avaient peur d'Alex. Et leur frayeur engendrait une haine féroce. Ils ne pouvaient tolérer la présence d'Alex sur leur monde. Ils voulaient le tuer.

Du feu liquide emplit les narines de Max, coula dans sa gorge, entra par ses oreilles. Les trois flots se rencontrèrent et explosèrent… dans son corps. Il pouvait presque sentir ses organes griller.

Il n'y survivrait pas. Il allait être réduit en cendres ! Son…

Une main se posa sur son épaule et le secoua, l'arrachant momentanément à l'océan d'auras.

Recouvrant ses esprits, il vit Liz penchée sur lui, lèvres pincées par l'inquiétude.

— Tu vas bien ? On aurait dit que tu te battais contre un cauchemar…

Max repoussa les mèches de cheveux qui lui tombaient sur le front, puis baissa les yeux sur la peau de ses bras et de ses mains.

Intacte. Pas de rougeur pour témoigner de ce qu'il avait subi.

— Ça va, répondit-il.

— Et Alex ? demanda Michael.

— Lui aussi va bien.

Inutile d'inquiéter ses amis. Si les êtres à qui il venait de se frotter décidaient de passer à l'action et de s'en prendre à Alex, que pourraient-ils tenter ?

Max se promit de rester en contact étroit avec la conscience collective, afin de surveiller ses réactions. Si du vilain se tramait contre son ami, il aurait le temps d'intervenir… d'une manière ou d'une autre.

— La conscience collective, dans son ensemble, a accepté la présence d'Alex.

— Mais notre planète d'origine est-elle une démocratie ? demanda Isabel.

— Pas question de le laisser mariner là-bas plus que nécessaire, dit Liz. Il faut trouver un moyen de le ramener.

— Tu parles d'un plan ? Quelle idée de génie ! dit Michael, plus sarcastique que jamais. Récapitulons, pour ceux qui n'auraient pas suivi… La seule source de pouvoir susceptible de faire revenir Alex, c'est la Pierre de Minuit. Or, Elsevan DuPris s'en est emparé. Pour mémoire, non content d'être un extraterrestre psychopathe, c'est lui qui a froidement assassiné mes parents, plus ceux de Max, d'Isabel et d'Adam.

Isabel retira la poivrière qu'elle avait posée sur son tas de sachets vides pour les tenir en place. Elle les éparpilla et recommença à les empiler – un emballage d'édulcorant, un deuxième, un de sucre en poudre, un deuxième – puis replaça la poivrière sur la pile.

Max aurait souhaité que Michael se taise, mais il le connaissait assez pour savoir que c'était peine perdue.

— Oh, j'allais oublier…

Michael regarda Liz dans les yeux.

La jeune fille soutint son regard sans broncher – ce qui était tout à son honneur.

— Nous ignorons où se trouve DuPris. Et puisqu'il prend n'importe quelle apparence, il pourrait être assis à la table voisine, avec l'intention de nous tuer tous, sans que nous le sachions. Ou en Afrique, ou encore sur une autre planète.

— Il pourrait même être dans sa cabane au Canada, plaisanta Maria.

Elle regarda Max, Liz, Isabel, puis Michael, espérant que l'un d'eux se fendrait d'un sourire. Max essaya de rire, mais le son qui s'échappa de sa gorge était trop étranglé pour entrer dans cette définition.

— DuPris a également le vaisseau spatial, ajouta Michael. Alors inutile de compter dessus pour ramener Alex.

Liz et lui continuèrent de s'affronter du regard.

— Une question ? Un point de détail que tu n'aurais pas tout à fait saisi ? conclut-il, défiant la jeune fille.

— Merci, Michael ! répondit-elle. J'ignore où j'en serais si tu n'étais pas là pour m'expliquer les choses de la vie… Tu es tellement plus intelligent que nous.

— Ne vous disputez pas ! implora Maria.

Elle posa une main sur le bras de Michael et l'autre sur celui de Liz.

— Sinon, je me sentirais obligée de trouver des plaisanteries plus nulles que celle sur le Canada.

Max fut soulagé que Maria s'interpose. Parfois, il en avait un peu assez de jouer les arbitres…

— Désolé. Je…, commença Michael.

— Je sais. C'est déjà oublié, dit Liz, ses yeux bruns redevenant chaleureux.

— Ne peux-tu pas expliquer à la conscience collective que ce n'est pas la faute d'Alex s'il est sur notre planète ? demanda Isabel.

— Je l'ai déjà fait. Plusieurs fois…

— Insiste !

Elle balaya du bras la pile de sachets et la poivrière, les expédiant par terre.

Elle était plus bouleversée que Max ne l'avait cru.

— Très bien, dit-il.

Yeux clos, il replongea dans l'océan d'auras.

Celui-ci était différent.

Plus… froid. Chaque fois que Max touchait un des êtres qui le composaient, il éprouvait une drôle de sensation, comme un fourmillement.

Le pouvoir…, réalisa-t-il. *Ils accumulent beaucoup d'énergie !*

Il attendit une explication. Personne ne daigna lui en fournir une.

Le fourmillement s'accrut, se transformant en picotement électrique. Les auras devinrent plus brillantes.

De vert émeraude, celle de Max prit une teinte vert acidulé.

Qu'est-ce que…

Une décharge d'électricité arracha Max à l'océan. Son aura fut projetée loin des autres, tout son être vibrant sous le choc comme s'il allait éclater en mille morceaux qui s'éparpilleraient aux quatre vents…

Il sentit ses molécules frémir, puis commencer à se séparer. Sa vision s'obscurcit. Son cœur s'affola, tel un oiseau pris au piège dans une cheminée.

Que… que… que…

Son cerveau ne fonctionnait plus. Ses molécules étaient trop éloignées les unes des autres. Il ne pouvait pas… pas…

— Reviens, Max ! Reviens ! cria la voix de Liz.

Sur son visage, il sentit un contact frais et humide, et rouvrit les yeux. Penchée au-dessus de la table, Maria lui baignait le front avec une serviette en papier trempée dans son verre d'eau.

— Que s'est-il passé ? demanda Michael.

Il serrait le bord de la table de la cafétéria si fort que ses phalanges blanchissaient.

Max prit la serviette à Maria et se frotta le visage.

— Je l'ignore, admit-il. J'ai senti une explosion au sein de la conscience collective… qui m'a purement et simplement éjecté.

— Et Alex ? Comment va-t-il ? cria Isabel. Cette explosion lui a-t-elle fait du mal ? Est-il… mort ?

— Je ne sais pas, répéta Max.

Ses neurones étaient sens dessus dessous. Des

émanations de peur et de douleur montaient de la conscience collective. Rien de plus.

— Alors… Hum… Qui veut m'accompagner au match de basket-ball de mon petit frère ? demanda Maria d'une voix faussement enjouée.

D'un mouvement discret du menton, elle désigna quelque chose, sur sa gauche.

Max vit approcher Kyle Valenti.

Le fils de feu le shérif Valenti, l'homme que Max et ses amis avaient cru être leur pire ennemi. Jusqu'à ce que DuPris tombe le masque…

— Alors, qui veut m'accompagner à ce match ? répéta Maria, d'une voix si enjouée qu'elle frôlait l'hystérie.

— Moi, répondit Michael.

Son ton était désinvolte, mais Max le vit se raidir.

— Où est-ce ? ajouta Michael.

— A son école…

Maria prit un bâtonnet de carotte et le goba entier. Sans le mâcher. Comme si elle avait soudain oublié comment s'y prendre.

Sans y avoir été invité, Kyle s'assit près de Liz. Il jeta un paquet de photographies sur la table.

Isabel les regarda. Max y jeta un coup d'œil. Il y vit sa sœur, Michael, Maria, Alex, Liz et lui-même, dans divers lieux, seuls ou à plusieurs.

Des photos prises sur plusieurs mois…, comprit-il.

Quelqu'un les avait espionnés, immortalisant leurs rencontres.

Max s'efforça de rester impassible. Il ne voulait pas donner à Kyle la satisfaction de le voir réagir.

— C'est mon père qui les a prises, annonça Kyle. Il vous avait tous à l'œil. Je veux savoir pourquoi. Et où il est.

» Je veux le savoir *maintenant* !

Un instant, Max pensa à déballer toute la vérité à Kyle.

Il essaya de s'imaginer la scène.

Tu vois, Kyle, ton père était l'agent d'une organisation gouvernementale appelée Projet Table Rase. Sa mission ? Traquer les extraterrestres infiltrés sur Terre pour les soumettre à des expériences, puis les exterminer.

Un membre du Projet Table Rase – pas ton père, il était trop jeune à l'époque – a trouvé une capsule d'incubation là où s'est écrasé l'OVNI. Tu sais, celui qu'on a trouvé dans le désert, non loin de Roswell, dans les années quarante.

Pour ta gouverne, je te précise que Michael, Isabel et moi étions dans des capsules d'incubation semblables à celle-là. Mais le Projet Table Rase n'a pas réussi à mettre la main dessus.

Revenons à nos moutons…

Quand l'extraterrestre de la capsule d'incubation a achevé son processus de maturation et en est sorti, une quarantaine d'années plus tard, ton père

l'a enfermé dans un complexe souterrain secret. Tu
me suis, Kyle ? Il a baptisé cet extraterrestre Adam
et... Ah, oui, j'allais oublier, il se faisait appeler
« papa » par Adam. Alors, je me demande... Oui,
on peut dire qu'il est ton petit frère.

Qu'en penses-tu ?

Mais je m'égare...

Un autre extraterrestre, DuPris, le grand enchi-
lada des extraterrestres, celui qui avait provoqué
le crash du vaisseau en 1947 et tué tous ses occu-
pants, a pris le contrôle du corps d'Adam et l'a
utilisé pour assassiner ton père.

Adam – enfin, DuPris – lui a envoyé une
décharge telle qu'il en est resté un tas de cendres.

Autre chose que je peux faire pour toi, Kyle ?

Ouais ! Ça serait incroyablement libérateur !

Michael saisit une photographie.

Max se pencha.

On y voyait Maria et Michael allongés sur un lit,
chez les Pascal – la dernière famille qui avait
accueilli le jeune homme sous son toit. Enlacés, ils
s'embrassaient.

Pour prendre un tel cliché, il avait fallu que
Valenti soit juste derrière la fenêtre... ou qu'il ait
eu un objectif surpuissant, du genre professionnel.

Max regarda Maria.

La jeune fille mâchait enfin son bâtonnet de
carotte. Imitant ses amis, elle s'efforçait d'agir
comme si de rien n'était. Mais les manches bouf-

fantes de son chemisier semblaient agitées par la brise – or, ils étaient à la cafétéria.

Maria tremblait comme une feuille.

— Evite de montrer ces photos à d'autres que nous, Kyle ! grogna Michael. A moins de vouloir que tous apprennent quel genre de pervers était ton père !

Kyle riva son regard sur Michael.

Max chercha un moyen de sauver la situation. Il fallait qu'un des deux garçons fasse machine arrière…

La cloche sonna.

Kyle se leva et ramassa les clichés.

— Ce n'est pas terminé ! Tôt ou tard, je saurai la vérité. Et je la tiendrai de l'un de vous.

— Allez, Kevin ! *Allez !*

Maria bondit sur ses pieds.

Michael prit la jeune fille par un coude et la fit se rasseoir près de lui, dans les gradins.

— C'est un petit garçon de dix ans, sur le terrain, dit-il. Ce que tu viens de faire était injustifié.

Maria sourit.

— Je sais. Nos parents n'étant pas là pour l'humilier, à moi de prendre le relais. Après tout, se plaindre du comportement irrationnel de sa famille est le fondement de toutes les amitiés masculines chez les pré-adolescents…

— Je suppose…, marmonna Michael.

Comment était-il censé le savoir ? Il avait connu plus de familles différentes que la plupart des orphelins. Des familles adoptives. Rien que pour ça, il aurait dû figurer dans le *Livre Guinness des Records*.

Soudain, il se sentit épié.

Oh, oui ! se dit-il. *Tout le monde a les yeux rivés sur le petit garçon pathétique qui n'a jamais eu de vraie famille. Les gens vont éclater en sanglots et verser des larmes sur ta dure existence…*

— Oh, que je suis stupide ! Comment ai-je pu te demander si… tu n'as même pas de fam… (Maria se tourna vers la femme assise à côté d'elle.) Pourriez-vous m'aider ? Je viens de mettre les pieds dans le plat, et impossible de les en retirer toute seule…

— Je sais ce que c'est, assura la mère de famille.

Elle bondit sur ses pieds.

— Bien joué, Robbie ! cria-t-elle, un poing levé.

— Inutile de t'en faire, Maria, dit Michael. Le passé est le passé. Et maintenant, j'ai un toit.

Il avait encore du mal à croire que Ray Iburg, le seul extraterrestre adulte qui ait survécu au crash de Roswell – à part DuPris –, lui avait légué le Musée de l'OVNI et l'appartement attenant.

Il était libre.

Enfin !

— Mais une famille, ce n'est pas seulement…, commença Maria.

Elle se tut.

— Pour le reste, je vous ai, les autres et toi, répondit Michael.

Il n'en crut pas ses oreilles. Venait-il de l'avouer à voix haute ?

C'était la vérité. De toutes les manières qui comptaient, ses amis *étaient* sa famille.

— Alors, dois-je chercher à t'humilier aussi ? le taquina Maria. Allez, fais la ola avec moi !

— A deux, ce n'est pas possible…

— Ça n'est pas parce que personne n'a essayé que c'est impossible ! insista la jeune fille.

Michael sut qu'il allait céder… Bondir sur ses pieds en levant les mains au ciel.

Quand on était avec Maria, certaines choses devenaient inévitables.

Par exemple, le jour où elle l'avait poussé à décorer un gâteau… Il ne s'était pas contenté de la regarder faire. Elle l'avait amené à participer.

Un souvenir lui revint : il se revit en train de lécher une goutte de glaçage, au bout de l'index de Maria.

Partie de ses reins, une onde de chaleur se répandit en lui.

N'y pense pas !

Maria et lui étaient parvenus à redevenir des amis. De vrais amis. Alors, pas question de tout gâcher une fois de plus en franchissant la frontière entre l'amitié et… le genre de chose que Valenti avait immortalisé.

Embrasser de nouveau Maria serait bon. Même génial, à n'en pas douter ! Il en avait une folle envie. Mais sa tête – à moins que ce ne fût son cœur – se souvenait d'une fille nommée Cameron.

— Si l'équipe de Kevin met le prochain panier, nous nous lançons ! décida Maria, l'arrachant à ses pensées. Tu commences et je te suis.

Michael regarda un gamin tenter un tir. Le ballon rebondit contre le panneau, atterrit au bord du panier, hésita… puis tomba dedans.

— *Oui !* cria Michael, bondissant sur ses pieds et levant brièvement les bras au ciel.

Il s'empressa de se rasseoir.

Quitte à tenir parole, autant y mettre du sien.

Maria prit la suite, se hissant sur la pointe des pieds.

Michael s'efforça d'ignorer la vision de la peau crémeuse de son ventre, que son pull assez court dévoila quand elle leva les bras.

Il détourna les yeux… et eut de nouveau l'impression d'être observé. C'était désagréable…

Evidemment qu'on te regarde, grand imbécile ! Tu viens de participer à la première ola à deux.

Un gamin à la coupe de G.I. subtilisa le ballon à un coéquipier de Kevin. Il s'élança à l'autre bout du terrain. L'arbitre siffla et fit tourner ses mains l'une autour de l'autre, un geste signifiant « marcher ».

— Impossible ! brailla un type en costume du haut des gradins. Cameron n'a jamais été sifflée pour cette faute !

Michael sentit Maria se raidir – oh, discrètement, mais assez pour qu'il le remarque. Il avait voulu croire qu'elle s'était remise de l'affaire « Cameron ».

Mais ce jour-là, quand elle était venue lui demander de choisir entre Isabel et elle, elle avait mis son cœur à nu devant lui. Elle s'était montrée – que disaient les filles, déjà ? – *vulnérable*. Et qu'avait-il fait ? En avait-il tenu compte et essayé de ménager sa sensibilité ? Non. Il lui avait balancé à la figure que ni Isabel ni elle ne l'intéressaient… Il leur préférait Cameron.

Cameron, qui l'avait quitté sans une explication, ni même le réveiller pour lui dire au revoir.

Michael jeta un coup d'œil à sa compagne. Apparemment absorbée par le match… S'il n'avait pas surpris sa réaction quand l'homme avait crié « Cameron », il n'aurait jamais su que cette histoire continuait de la tourmenter.

Maria et moi n'étions pas un couple avant mon emprisonnement. On ne peut pas dire que je l'ai quittée pour Cameron…

Non, mais il savait que Maria l'aimait. Elle lui avait avoué ses sentiments avant qu'il ne rencontre

Cameron. Maria avait ce genre de courage. Elle était capable de dire aux gens ce qu'elle éprouvait pour eux, même sans être sûre de vouloir entendre leur réponse.

— Une autre ola ? proposa-t-il à la jeune fille.

Il ne savait quelle attitude adopter. En tout cas, il voulait lui faire plaisir. Lui prouver à quel point elle comptait pour lui. D'accord, une ola était peut-être une manière stupide d'atteindre son objectif. Mais il s'agissait de Maria, que ce genre de comportement ridicule amusait.

— Pas maintenant. L'équipe adverse est sur le point de marquer, répondit-elle.

Mais elle lui fit un des grands sourires dont elle avait le secret.

— Et puis, ajouta-t-elle, depuis notre dernière représentation, on nous observe…

Ainsi, elle aussi l'avait senti…

Michael examina les gens qui les entouraient. Tout le monde suivait le match, excepté une fille qui lisait discrètement.

Mais il ne put se défaire de l'impression d'être observé.

Il sonda les gradins d'en face et se raidit en croisant une paire d'yeux braqués sur lui.

Kyle Valenti, avec le « regard qui tue ».

Michael se détendit. Ce type ne représentait pas un danger. Même sans ses pouvoirs, il en viendrait à bout n'importe quand.

Mais l'attention de Kyle glissa vers Maria qui n'avait pas de pouvoirs à opposer à Kyle.

Michael se rapprocha de Maria.

Il ne permettrait pas qu'il lui arrive du mal. Si Kyle osait toucher à un seul de ses cheveux, il lui réglerait son compte.

De façon permanente.

CHAPITRE II

Liz et Max étaient assis côte à côte sur le canapé, dans le salon des Evans.

Mot clé : *assis*.

Liz essaya de se rappeler : depuis qu'ils étaient ensemble, avaient-ils pu rester sagement l'un près de l'autre, seuls dans une pièce ?

Elle fouilla en vain dans ses souvenirs.

Max n'était pas le genre de garçon à passer à l'attaque une seconde après avoir trouvé un endroit semi-privé pour y cacher de fougueux ébats. Mais quand Liz était seule avec lui, l'atmosphère se chargeait aussitôt d'électricité.

La jeune fille adorait ce prélude au flirt, instant magique où son être s'ouvrait au monde… où elle prenait conscience de *tout*. La chaleur qui émanait du corps de Max. La caresse de ses longs cheveux bruns dans son dos. La respiration de Max, qui s'accélérait. L'air qu'elle aspirait à pleins poumons.

Elle avait l'impression qu'ils se caressaient avant de se toucher.

Aujourd'hui… Ils se contentaient de rester assis côte à côte.

L'air semblait lourd, épais… Il sentait le renfermé. Comme si la pièce avait besoin d'être aérée.

Je vais suffoquer !

Puis Liz se traita d'idiote. Il y avait autant d'oxygène que d'habitude.

Elle jeta un coup d'œil à son compagnon. Avait-il conscience de sa présence près de lui ? Ou même d'*être* dans la pièce ?

Elle en doutait.

Il paraissait en transe… en communication avec la conscience collective. Elle détestait lui voir cet air… absent. La *chose* assise près d'elle qui avait l'apparence de Max était dénuée de vie.

Si je faisais glisser ma main le long de sa cuisse, il ne s'en apercevrait même pas…

Max aimait faire partie de cette entité infinie. Réalisait-il qu'en s'immergeant dans l'océan de la conscience collective, il passait presque tout son temps loin d'elle ?

S'en fichait-il ?

Liz ramena une jambe sous elle. Changeant d'avis, elle se contorsionna pour s'asseoir en tailleur. Bizarre, elle n'arrivait pas à trouver une position confortable. Elle cala un coussin au bas de son dos… De guerre lasse, elle le jeta derrière le canapé.

Il faut que je sorte d'ici ! Une minute de plus dans cette pièce et je vais hurler !

— Max ? Veux-tu rejoindre Michael et Maria à l'école de Kevin, pour le voir jouer ?

Il ne répondit pas.

Elle se pencha vers lui et lui flanqua une pichenette à la tempe.

Il cligna des yeux, surpris.

— La créature remue…, murmura Liz.

— Désolé. Tu disais ?

Il se massa la tempe.

Pauvre chéri…

Son ironie l'étonna elle-même.

— Je te demandais si tu avais envie de rejoindre Michael et Maria pour regarder jouer Kevin.

— A vrai dire, je ne me sens pas très bien, admit Max. J'ignore ce qui se passe dans la conscience collective, mais c'est énorme ! Je perçois sans cesse des ondes de peur et de colère… De la tristesse aussi.

— C'est en rapport avec Alex ? demanda Liz.

— Je ne sais pas. Je ne crois pas…

Il secoua la tête et dut s'en repentir aussitôt, car il tressaillit.

Liz se sentit coupable. Elle avait tant gémi intérieurement sur le comportement de Max avec *elle* qu'elle n'avait pas compris qu'*il* n'était pas dans son assiette.

Maintenant, ce qu'elle n'avait pas remarqué lui sautait aux yeux : les cernes violets du jeune homme, sa peau tendue, la raideur de son cou…

— Veux-tu que je te masse les épaules ? Mon père masse toujours ma mère quand elle est stressée à force de faire trop de gâteaux pour satisfaire toutes les commandes.

— Euh… si tu me touches, ça risque d'aggraver mon cas, répondit Max avec un petit sourire. J'ai l'impression que si une plume me frôlait, j'en mourrais.

Liz hocha la tête.

— Veux-tu un peu d'eau fraîche ? Ou un coussin… ?

— Tu sais quoi ? Tu devrais rejoindre Maria et Michael. Je resterai là jusqu'à ce que ça passe.

Sortir de cette maison et respirer l'air frais était tentant. Aller à l'école de Kevin prendre un bain de foule, parler et rire avec des personnes normales l'était encore davantage.

Mais laisser Max seul…

— Je peux rester avec toi, proposa-t-elle. Si tu as besoin de quoi que ce soit, je pourrais…

— Je n'ai besoin de rien. Inutile de perdre ton temps à me materner.

Il était sincère.

— D'accord… je te verrai plus tard, alors.

Liz se leva. Elle eut envie de l'embrasser avant de partir, mais elle se ravisa. Ce serait sans doute douloureux pour lui.

— Salut ! lança Max.

Liz frissonna. Il était déjà absorbé par la connexion…

Elle tourna les talons et sortit de la résidence des Evans. Le soleil ne lui avait jamais semblé plus merveilleux.

Sur le chemin de l'arrêt de bus, elle courut. C'était plus fort qu'elle. Elle devait s'éloigner au plus vite.

Ses longs cheveux bruns flottant au vent, elle accéléra, inspirant l'air frais à pleins poumons.

Elle atteignit l'arrêt de bus à l'instant où le véhicule arrivait. La double porte s'ouvrit avec un bruit de piston. Liz fouilla dans son sac et tendit sa monnaie au chauffeur. Puis elle s'assit près d'une vitre.

Tandis que le bus descendait la rue, elle s'obligea à regarder chaque maison et chaque boutique.

Elle avait besoin de faire le vide. De ne plus penser. A rien.

A l'approche du *Crashdown Café*, le restaurant de son père où elle travaillait, elle tendit un bras et appuya sur le bouton pour demander l'arrêt. Elle avait pensé rejoindre Michael et Maria, mais…

… *Mais l'arrêt qui dessert le* Crashdown *est aussi celui du Musée de l'OVNI, et tu as envie de revoir Adam*, lui souffla une petite voix dans sa tête.

C'est faux ! Je n'ai pas envie de revoir Adam ! se défendit Liz.

Quand elle descendit du bus, ses pieds la conduisirent d'eux-mêmes au musée.

Entendu, j'avoue, il faut que je le revoie ! Après tout, on doit l'avertir au sujet de Kyle Valenti, non ?

Kyle est méconnaissable. Transformé en détective psychotique, il passe son temps à nous épier. Il cherche à découvrir ce qui est arrivé à son père, mais quand même...

C'est ça ! dit la petite voix. *Et pourquoi Adam aurait-il besoin d'apprendre ça ? Kyle Valenti ne sait même pas qu'il existe ! Sans compter que Michael et Adam vivent ensemble... Michael lui dira tout ce qu'il y a à savoir. Tu n'as pas à t'en mêler.*

— Je refuse de devenir une de ces maboules qui se querellent sans cesse avec elles-mêmes ! marmonna Liz, soulagée d'être seule sur le trottoir.

Parfait, répondit la petite voix. *Je me tairai. A condition que tu admettes que tu as envie de revoir Adam. Tu es même très impatiente... Quand il te regarde, tu as l'impression d'être la fille la plus merveilleuse au monde.*

Max te dévorait aussi des yeux, il n'y a pas si longtemps...

— Chéri, je suis rentré ! cria Michael en ouvrant la porte de l'appartement.

— Très bien, chéri ! Je suis dans la cuisine ! répondit Adam avec grand sérieux.

Il n'y avait pas trace d'ironie dans sa voix.

Voilà ce qui arrivait quand on avait passé des années au secret. Sans télévision. Sans abonnement Internet. Avec pour toute distraction les livres d'images apportés par « papa » Valenti.

Rien d'étonnant à ce qu'Adam prenne tout au pied de la lettre.

— Euh… Je plaisantais quand je t'ai appelé « chéri », d'accord ? expliqua Michael.

Il rejoignit son ami dans la cuisine et s'assit.

— Je ne voudrais pas que tu imagines que les garçons… se saluent comme ça. Enfin, tu vois…

— Combien de temps me faudra-t-il pour saisir ce genre de nuances ? s'écria Adam. Je passe mes journées à étudier, histoire de rattraper mon retard et devenir ne serait-ce qu'à moitié normal ! Pourtant…

— Les plaisanteries compliquent encore les choses, coupa Michael. Et nous sommes à Roswell. Ici, tu pouvais être considéré comme à peu près normal dès ton deuxième jour hors du complexe. Quand j'ai raccompagné Maria et son frère, après le match, nous avons vu un type porter ses sous-vêtements par-dessus ses vêtements. En plus, il avait un T-shirt qui affichait : « Enlevé Volontaire ».

Adam éclata de rire.

— Veux-tu des céréales ?

Il leva son bol plein de petites fusées à l'avoine et de planètes en guimauve.

— Non, merci, répondit Michael.

Il ouvrit le réfrigérateur puis en sortit une assiette de spaghettis froids et une bouteille de nappage au chocolat.

Il posa son repas sur la table. Adam le regardait avec inquiétude.

— Quoi ? demanda-t-il en avalant une bouchée de spaghettis au chocolat.

— Est-il normal de manger des céréales au dîner ? demanda Adam.

— Tu es un garçon et tu vis seul. C'est parfaitement normal. D'ailleurs, être trop normal, ce n'est pas normal, si tu vois ce que je veux dire…

Il prenait soin de parler d'un ton détaché. Mais au fond, il était furieux.

Si le shérif Valenti n'avait pas été déjà mort, il l'aurait volontiers tué de ses mains pour ce qu'il avait infligé à Adam. Le pauvre ne pouvait pas même manger un bol de céréales sans craindre de se comporter comme un monstre !

— Puis-je te poser une autre question ? demanda Adam en s'asseyant face à lui. J'essaie de comprendre les subtilités du baiser.

— Les… subtilités du baiser, répéta Michael. J'écoute.

— Les amis s'embrassent parfois, n'est-ce pas ?

Il fourra deux grosses cuillerées de céréales dans sa bouche.

— Oui, confirma Michael. Les amis fille-garçon ou les amies fille-fille. Mais attention, jamais les amis garçon-garçon ! ajouta-t-il vivement.

Il décida de ne pas aborder ce sujet dès maintenant. Adam avait déjà assez de mal avec les bases.

— Mais c'est un genre de baiser différent, non ?

— En effet.

Michael était disposé à répondre à un certain nombre de questions, mais il espérait qu'Adam ne voulait pas un topo sur la sexualité des fleurs et des abeilles… Sinon, il lui conseillerait de regarder le câble plus souvent !

— En quoi est-ce différent ? C'est ce que j'aimerais savoir.

Adam rassembla ses dernières céréales, les engloutit, puis leva le bol et but le lait d'un trait.

— C'est surtout une question d'emplacement. Quand tu embrasses une amie, ce n'est généralement pas sur les lèvres. Sinon, la question de la langue se pose et on change de catégorie de baiser.

Il piqua des spaghettis avec sa fourchette, les avala et les fit suivre d'une giclée de chocolat.

— Mais s'il y a contact des lèvres sans les langues, c'est quand même un truc d'amis, non ?

insista Adam. Tu as embrassé Maria de cette manière.

— C'est vrai.

Michael n'ajouta pas qu'il l'avait également embrassée de l'*autre* façon. Et que ça lui avait immensément plu.

Ces précisions embrouilleraient Adam. Comment comprendrait-il que Michael et Maria étaient redevenus des amis après avoir… ?

— D'accord. Admettons que tu embrasses quelqu'un de manière amicale, bien que sur la bouche… Mais si cette personne utilise sa langue ? demanda Adam. Faut-il y mettre aussi la tienne ?

Il fit tourner son bol comme une toupie, manquant l'expédier par terre.

— Ça dépend. Si tu veux que cette nana et toi restiez de simples amis, mieux vaut éviter de la suivre sur ce terrain glissant… Sinon, elle imaginera que tu acceptes que vous soyez davantage… C'est un truc de fille. En revanche, si tu es d'accord pour être plus que son ami, fonce !

— Donc, si tu embrasses Maria sur les lèvres et qu'elle…

— Attends une minute, coupa Michael. Tu ne t'intéresses pas à elle ?

Maria et lui ne formaient pas un couple, mais à l'idée qu'Adam puisse vouloir sortir avec elle…

Inacceptable !

Adam secoua la tête.

— Non, c'était juste un exemple.

Michael étudia brièvement l'aura de son ami, histoire de vérifier qu'il n'y avait pas de trace suspecte dans le jaune citron.

— Mais tu t'intéresses à quelqu'un, non ?

Le bord de l'aura d'Adam s'assombrit jusqu'à devenir d'un « orange brûlé ».

Il s'empourpra.

— Non, pas vraiment…

Menteur ! pensa Michael.

Deviner quelle fille faisait battre le cœur d'Adam n'avait rien de sorcier puisqu'il en connaissait en tout et pour tout trois : Maria, Isabel et Liz.

Adam est bon pour avoir le cœur brisé, se dit Michael.

Isabel aimait Adam, mais à la manière protectrice d'une grande sœur.

Quant à Liz… Elle était avec Max. Leur histoire était du genre bouquets de fleurs et petits cœurs partout. Maintenant et pour toujours.

Tout l'arsenal ringard des romans à l'eau de rose, quoi.

Adam n'avait pas une chance de séduire Liz.

Adam s'assit sur son matelas pneumatique, dans un coin du salon. Comme d'habitude, ses pensées allèrent instantanément vers Liz.

Il ne pouvait pas s'en empêcher.

Qu'elle soit passée l'après-midi même au Musée

de l'OVNI ne l'incitait pas à faire un effort dans ce sens. Même si elle était restée trois minutes…

Il n'avait pas réussi à la convaincre de s'asseoir et de se détendre.

Quant à lui… En quelques secondes, il avait frôlé la « surcharge sensorielle ».

La couleur des lèvres de Liz.

L'odeur de ses cheveux quand elle était passée devant lui en entrant.

Le son de sa voix…

Son départ, après trois malheureuses minutes, l'avait laissé sur les rotules !

Il aurait voulu qu'elle reste. Qu'elle le torture un peu plus…

Peut-être aurait-il pu deviner ce qui la bouleversait. Quoi que ce fût, c'était sans rapport avec la menace que Kyle Valenti faisait planer sur le groupe.

Quelque chose la troublait la nuit où je lui ai rendu visite en rêve, se rappela-t-il. *C'est pour ça qu'elle était au milieu d'un cauchemar.*

Adam jeta un coup d'œil à sa montre : une heure passée… Liz devait dormir depuis longtemps.

Faisait-elle un mauvais rêve ? Dans ce cas, c'était le rôle d'un ami de l'en arracher…

Il faut vérifier, décida-t-il. *Si tout va bien, je repartirai avant qu'elle m'ait vu.*

Il ferma les yeux. L'instant suivant, les orbes de rêve, ces sphères aux couleurs brillantes et translucides, l'entourèrent. Ils étaient tous merveilleusement beaux, mais un seul attirait Adam.

Il siffla doucement une note et l'orbe de rêve de Liz se rapprocha de lui. Il tourna autour de la tête du jeune homme jusqu'à ce qu'il tende les mains et le prenne.

Adam écarta les paumes et l'orbe s'élargit.

Je vais juste jeter un coup d'œil, se promit-il, incapable de se débarrasser d'un sentiment de culpabilité.

Comme s'il agissait mal…

Il regarda l'orbe de rêve de Liz et… la vit.

Assise à son bureau, elle remplissait ses dossiers d'inscription pour l'université.

Sans être un beau rêve, ça n'était pas un cauchemar.

Adam essaya de mémoriser autant de détails que possible.

La manière dont elle avait coincé ses cheveux derrière une oreille, les laissant pendre librement de l'autre côté.

La couleur de son vernis, d'un ton plus clair sur les ongles de ses doigts que sur ceux de ses pieds.

Attends…

Il lui avait semblé apercevoir quelque chose de bizarre…

Adam écarta vivement les mains, forçant l'orbe à s'élargir. Son cœur cogna contre ses côtes. Plusieurs centimètres d'eau couvraient le sol de la pièce… et le niveau montait.

Liz avait de l'eau jusqu'aux genoux. Elle se leva et pataugea vers la porte. Mais elle eut rapidement de l'eau à mi-taille. Puis jusqu'à la poitrine…

Liz continua bravement, nageant à demi. Elle saisit le bouton de la porte, le tourna et tira. Mais la pression l'empêcha d'ouvrir.

Assez ! pensa Adam.

Faisant la première chose qui lui traversa l'esprit, il *reconfigura* le corps de Liz et la transforma en poisson rouge.

Aussitôt, la jeune fille partit à l'aventure. Sa nouvelle morphologie semblait lui convenir à merveille.

Adam expira l'air qui lui brûlait les poumons – il ne s'était pas avisé qu'il retenait autant son souffle.

Liz s'en tirerait.

Adam savait qu'il aurait dû partir. Il était intervenu à temps. Mais il ne résista pas à l'envie de transformer le lit de la jeune fille en un de ces châteaux en céramique qu'il avait remarqués dans la vitrine de la boutique pour animaux.

Il sourit quand elle entra par une fenêtre et ressortit par la porte.

Elle est heureuse, se dit-il. *Maintenant, pars.*

Mais comment un poisson seul pouvait-il s'amuser seul dans un château d'aquarium ?

Liz a besoin d'un compagnon…

Quel mal y avait-il à la rejoindre ? Ils étaient amis, non ? Et ils seraient comme… des poissons dans l'eau !

Adam écarta les bras, élargissant l'orbe de rêve de Liz jusqu'à pouvoir entrer. Puis il se métamorphosa en poisson rouge.

Liz nageait près d'une tour. Dès qu'elle l'aperçut, elle s'élança vers lui, lui flanquant un coup de museau joueur avant de repartir en direction du château. Une seconde plus tard, il la vit regarder par une fenêtre.

Elle l'attendait.

Adam n'eut pas besoin d'une invitation sur bristol gaufré.

Ils étaient deux poissons rouges… Et après ? Quelle importance si Liz ignorait qui elle avait vraiment comme compagnon d'aventures ?

Ils étaient ensemble. Voilà tout ce qui comptait aux yeux d'Adam.

CHAPITRE III

Le dernier exercice donné par le professeur de mathématiques terminé, Michael referma son livre.

Et maintenant ?

Il lui restait des heures à tuer avant de se coucher.

Il fit les cent pas dans le salon.

Allongé sur son matelas pneumatique, Adam ressemblait à un zombie – un corps délaissé telle une coquille vide. Conclusion : il s'offrait une autre promenade dans le plan des rêves.

Michael se demanda quel orbe visitait son ami.

Je devrais peut-être lui en conseiller quelques-uns…

Au contraire d'Isabel, Michael ne les connaissait pas tous. Il ne pouvait pas les associer à son propriétaire. Mais il en avait découvert qui valaient le déplacement.

Il descendit l'escalier en colimaçon et jeta un coup d'œil au musée.

A l'allure où allaient les choses, il pourrait bientôt rouvrir.

Souriant, Michaël gagna le bureau des informations. Il prit un stylo-bille et une feuille de papier. Quand le musée rouvrirait, ce serait lui le patron.

Il serait le boss de *Max*.

Cool !

Appuyé au comptoir, il fit une liste.

1) Appeler les anciens employés.

2) Lire les livres de comptes.

3) Commander les fournitures pour la cafétéria.

Ai-je assez d'argent pour acheter une machine à cappuccinos ?

4) Trouver une idée d'exposition accrocheuse.

Il voulait créer une vitrine si prometteuse que tout le monde aurait envie d'entrer.

Oui, mais quel thème ?

Il eut un petit rire plein de dérision.

C'était tellement évident… Il devait s'exposer lui-même dans la vitrine ! Avec un extraterrestre vivant, il ferait fortune. Du jamais vu !

Mais il y avait un léger problème avec cette idée, pour fabuleuse qu'elle fût. Il risquait la prison à vie. Voire la mort.

Les mesures.

Avant de décider, de combien d'espace disposait-il ?

Penché sur le comptoir, il ouvrit le tiroir et le fouilla à la recherche d'un mètre.

Je pourrais mettre au point un truc multimédia, pensa-t-il en s'approchant de la vitrine, son mètre à la main.

Pourquoi pas une vidéo qui passerait en boucle ? Ou…

Ses pensées éclatèrent comme des bulles de savon quand il eut de nouveau la désagréable sensation d'être observé. Sa nuque se hérissa. Comme pendant le match, quand il avait surpris Kyle Valenti en train de les épier, Maria et lui.

Il tourna la tête et sonda la rue obscure.

Y voyant mieux la nuit que le jour, il repéra aussitôt le type, de l'autre côté de la chaussée, dos à la baraque au toit conique du gardien de parking.

L'inconnu était de profil. Michael ne pouvait pas distinguer ses traits, mais sa carrure et ses cheveux bruns ne lui laissèrent aucun doute. C'était Kyle Valenti.

Tu viens de faire une grosse erreur, sale rat ! Tu ne pouvais pas mieux choisir : l'endroit et l'heure idéaux. Je vais te régler ton compte !

Michael sortit de la vitrine.

Dès qu'il fut certain que Kyle ne le voyait plus, il gagna la porte de derrière, se glissa dehors, puis contourna le musée et la bijouterie.

Kyle ne se doutait de rien.

— Tu as intérêt à être prêt, parce que me voilà, mon cochon ! murmura Michael.

Il bondit sur Kyle, le percutant épaule en avant.

La manœuvre ne laissa pas la moindre chance au « rat », qui se retrouva plaqué face contre terre.

Michael lui saisit les poignets.

— Je vais te faire bouffer de l'asphalte ! Tu piges, Kyle ?

Histoire d'avoir l'assurance de s'être bien fait comprendre, il enfonça ses genoux dans les reins de sa victime.

— Je ne suis pas Kyle !

— Quoi ?

Michael le prit par les épaules et le retourna.

Le type n'avait pas menti. A l'évidence, il n'était pas Kyle.

Il ressemblait davantage à Michael…

… qui se releva et tendit la main à l'inconnu.

— Désolé. Un sale fouineur s'amuse à me suivre et je t'ai pris pour lui. Rien de cassé ?

— Non.

L'inconnu ne détourna pas les yeux de lui.

Que me veut-il ? Je viens de m'excuser, non ?

— Alors, euh, tu attends le bus, peut-être ? L'arrêt est à deux pâtés de maisons, par là-bas…

Il l'indiqua d'un geste.

— Tu es Michael Guerin ?

Le jeune homme eut de nouveau des picotements à la base de la nuque. Cette fois, le phénomène se diffusa jusqu'à ses genoux.

— Oui.

L'inconnu le dévisagea.

Michael eut une nouvelle montée d'adrénaline.

Bon sang, que me veut-il ?

— Je suis ton frère.

Le cœur de Michael eut un raté.

Ah… Un dingue.

C'était la seule explication possible.

— Mon *frère*, répéta Michael.

Ce mot ne lui venait pas naturellement à la bouche…

— C'est ça ! explosa-t-il. Je n'ai *pas* de frère !

Ray Iburg l'avait affirmé : Michael n'avait plus de famille sur sa planète d'origine. Ni frère, ni sœur, personne.

L'inconnu ne répondit pas.

Quelques secondes plus tard, Michael sentit l'air crépiter. Il dut se ressaisir, ses jambes menaçant de flancher.

Qui que soit ce type, c'était un des leurs.

Michael constitua sa propre réserve d'énergie. Il devait être prêt à contre-attaquer…

— Tu veux jouer ? Parfait. Nous serons deux.

Un craquement monta dans la rue déserte.

Michael tourna la tête et vit l'extraterrestre en plastique d'un mètre de haut s'arracher de son socle, au sommet du toit conique de la baraque du gardien de parking. Il monta comme une fusée dans le ciel… et ne redescendit pas, continuant de fendre l'air.

Michael le perdit de vue.

— Impressionnant, dit-il.

Il continua à accumuler du pouvoir. Pas question de baisser sa garde devant ce « frère » avant de savoir de quoi il retournait !

— Tu ne me crois toujours pas ?

Le garçon tendit un bras et prit Michael par le poignet.

La connexion fut instantanée. Mais au lieu du flot d'images habituel, le jeune homme se retrouva…

… sur sa planète d'origine.

Enfin, ce qu'il voyait correspondait à la mémoire avec laquelle naissaient tous les êtres de son monde…

Il n'était pas vraiment là-bas, il le savait… Mais ses sensations avaient un indéniable caractère d'authenticité. Les volutes de brume acide qui montaient du lac provoquaient une réaction analogue à la chair de poule. Le parfum des fruits des arbres, riche et suave, lui mettait l'eau à la bouche. Il sentait les battements lents de son cœur primaire et ceux, plus rapides, de son appendice secondaire.

Attends…

Un appendice secondaire ? Il ne savait même pas ce que c'était !

Non… On aurait dit qu'il avait deux cerveaux, maintenant.

Son cerveau à lui, Michael.

Et l'autre, qui savait exactement ce qu'était un

appendice secondaire, ou à quel endroit ils se trouvaient sur la planète.

Un cerveau qui conservait le souvenir d'avoir nagé dans ce lac, avec leur père.

Michael n'avait pas le moindre souvenir de son père, mort bien avant qu'il ne sorte de sa capsule d'incubation…

Que se passait-il ?

Il fit courir ses mains sur son corps et constata différentes choses. Ses bras étaient beaucoup plus courts et ses doigts se terminaient par des griffes recourbées. Sa peau était dure et bosselée.

Il baissa les yeux. Au lieu de voir un épiderme, il découvrit des bandes métalliques superposées couvertes de rivets.

Bon sang, mais que se passait-il ?

Il entendit des bruits de pas derrière lui et se retourna.

Deux êtres approchaient.

Une grosse tête, un corps compact et de grands yeux en amande, sans blanc ni pupille…

La partie « Michael » de son cerveau les identifia instantanément grâce à l'hologramme du vaisseau spatial que leur avait projeté Ray Iburg, à leur première visite au musée, quelques semaines plus tôt.

L'autre partie les reconnut aussi : ses parents !

— Nous devons te quitter, maintenant, fils, dit l'un d'eux.

Il parlait dans une langue inconnue, mais l'autre cerveau fournissait une traduction simultanée à Michael.

Qui ressentit un double chagrin. Le sien et celui de son « hôte ».

S'interdisant de flipper, il tenta de mémoriser autant de détails que possible.

— Si on apprenait que ton père et moi avons produit une deuxième capsule d'incubation, elle serait détruite, dit le second être.

Maman.

— Trouvons un endroit sûr où ton frère pourra naître, un monde où notre famille vivra au grand jour, sans que l'un ou l'autre doive se cacher, continua-t-elle.

— Pourquoi ne puis-je pas vous accompagner ? demanda Michael.

Poser cette question n'était pas dans ses intentions. D'ailleurs, il ne connaissait pas le langage de ces apparitions.

— Personne à bord ne doit savoir que la capsule que nous emportons n'est pas la première que nous produisons, ta mère et moi. Nul ne doit se douter que nous avons déjà un enfant... Mais je te promets que nous viendrons te rechercher dès que nous le pourrons. Et ta vie ne sera pas menacée au sein des membres de la Fraternité.

Papa lui serra l'épaule. Maman laissa courir ses longs doigts sur son visage.

Puis ils s'en furent.

Michael revint dans son propre corps, en face du Musée de l'OVNI.

Il pressa le bout de ses doigts sur son front. Il avait presque l'impression d'entendre son cerveau essayer d'enregistrer l'expérience qu'il venait de vivre.

— Je... J'étais toi, à l'instant, n'est-ce pas ? Ce sont tes souvenirs... d'enfance... que tu as partagés avec moi ?

— Oui.

Les yeux gris de l'extraterrestre ne cillèrent pas.

— Alors, ça veut dire...

Michael se tut et inspira profondément. Puis il se rendit à l'évidence, prononçant des mots qu'il n'aurait pas cru dire un jour à quelqu'un.

— ... que tu es vraiment mon frère.

Isabel s'ennuyait tant qu'elle aurait pu hurler.

Elle avait plusieurs heures à tuer avant de dormir. Qu'en faire ? Les placards de la cuisine réorganisés, les ongles refaits trois fois – avec trois vernis différents, histoire de voir lequel serait le plus « Isabel-esque » –, la peau de ses coudes et de ses genoux adoucie grâce à ses pouvoirs... Que lui restait-il à trifouiller ?

Pourquoi pas écrire une autre lettre à Alex ?

Pour lui expliquer combien elle était navrée de la manière dont elle avait rompu avec lui... Elle l'aimait toujours, même s'ils ne sortaient plus ensemble.

Une lettre qu'il ne recevrait pas plus que la première…

Isabel ne voulait pas repenser à Alex. Pas au milieu de la nuit, alors qu'elle se sentait terriblement seule. Elle finirait par éclater en sanglots. Et si elle s'abandonnait au chagrin, s'arrêterait-elle un jour de pleurer… ?

D'habitude, par des nuits comme celle-là, elle courait chercher Max pour qu'il la divertisse. Mais en entrant dans la chambre de son frère, elle l'avait trouvé allongé sur son lit, aux abonnés absents, absorbé par sa communication avec la conscience collective.

A le voir ainsi, on aurait juré qu'il était entré dans une secte… Et il était impatient qu'elle suive son exemple !

Peut-être devrais-je appeler un médium et lui demander conseil.

Ou monter l'escalier, retourner dans le sanctuaire de son frère et le secouer comme un prunier, jusqu'à ce qu'elle l'arrache à sa transe.

Oui, assez papoté avec ses amis !

Isabel sortit de la cuisine et s'approcha de l'escalier. Elle avait posé un pied sur la première marche quand elle entendit frapper à la porte.

Oui !

Michael – ou Adam – arrivait à point nommé

pour la tirer d'un ennui mortel ! Ça devait être l'un d'eux. A cette heure, les humains dormaient et les insomniaques ne frappaient pas aux portes des bonnes gens.

La jeune fille rebroussa chemin, saisit la poignée de la porte d'entrée et ouvrit en grand.

— N'aurais-tu pas pu venir plus tôt ? lança-t-elle.

Puis elle vit qui se tenait sur le seuil.

Ce n'était pas Michael. Ni Adam.

Mais Alex !

Oh, Dieu !

— Est-ce que… ? Que… ?

Déboussolée, elle ferma les yeux, essayant de rassembler ses esprits. Puis elle sourit.

— Entre !

Alex fit un pas en avant… et s'écroula sur le perron.

Isabel se laissa tomber à genoux près de son ami, souleva sa chemise et posa les mains sur sa poitrine. Le cœur serré, elle constata que sa peau, sous ses paumes, était froide et humide.

Contente-toi de te connecter !

Elle plongea son regard dans les yeux verts d'Alex… et ils furent instantanément connectés. Mais elle ne put se concentrer sur le flot d'images qu'elle captait. Elle gelait, comme si on l'avait frottée avec de la glace.

54

C'était *leur* corps. A cet instant, Alex et elle ne faisaient qu'un.

Pourquoi a-t-il si froid ? Qu'est-ce qui ne va pas ?

Elle explora leur corps avec lenteur et méthode.

Il n'y avait pas de substance étrangère dans le système sanguin. Alex n'avait pas de virus, ni rien qui puisse lui donner de la fièvre…

Isabel s'orienta vers son – leur – cerveau.

Soudain, elle ne reçut plus d'image. Le cerveau d'Alex était devenu un grand vide obscur. Puis une image unique s'y forma.

Lui-même en train de hurler, défiguré par la terreur.

Il n'y avait aucune cause à son état. Il avait eu si peur que ses fonctions cérébrales s'étaient purement et simplement déconnectées.

Que lui est-il arrivé ? Qu'a-t-il vu ? Que lui ont fait les habitants de notre monde ?

Mais l'heure n'était pas aux questions.

Alex avait besoin de son don de guérison. Mais elle ignorait comment guérir ce qui n'était pas physique…

Isabel rassembla son énergie et la projeta vers Alex. Cela suffirait-il ?

Elle écarta les mains de la poitrine du jeune homme, rompant la connexion.

Elle aurait adoré rester connectée à Alex, mais elle devait courir prévenir Max.

— Peux-tu te lever, Alex ?

Elle écarta les cheveux qui lui tombaient sur le front.

— Oui.

Il se releva tant bien que mal ; la jeune fille lui passa un bras autour de la taille, l'aidant à atteindre le canapé.

C'est Alex… Mon Alex !

— Reste allongé ici une minute, murmura-t-elle.

Elle prit la couverture indienne posée sur le dossier d'un fauteuil et la posa sur lui.

— Ne bouge pas. Je reviens…

Le genre de situation où elle préférait ne pas mêler ses parents. Par chance, ils n'avaient pas le sommeil léger…

— Tu me manques, souffla Alex.

— Tu me manques aussi, répondit-elle.

Isabel tourna les talons et courut vers la chambre de son frère. Elle ne prit pas la peine de frapper avant d'entrer. Il lui suffit d'un coup d'œil pour voir qu'il était toujours connecté.

La jeune fille ramassa un oreiller et lui en flanqua un coup sur la tête.

— Max, j'ai besoin de toi. Tout de suite !

Les paupières de son frère frémirent…

— Je n'ai pas rêvé, tu m'as frappé avec un oreiller ?

— Alex est revenu ! Il est en bas, dans le salon.

Max se leva d'un bond. Isabel n'eut pas le temps d'ajouter un mot ; il était déjà dans le couloir.

La jeune fille le suivit. Il s'arrêta si brutalement devant le canapé qu'elle le percuta.

— Je n'arrive pas à en croire mes yeux…, avoua Max.

Alex eut un petit sourire.

— Moi non plus, renchérit Isabel.

Une main tendue, elle caressa le visage de son ami. Sa peau était fraîche au toucher. Mais il restait trop pâle.

— Dois-je lancer un débat pour décider laquelle, du Lime Warp ou du Blast, est la meilleure boisson sur le thème extraterrestre ? plaisanta Alex.

Sa voix était faible et enrouée.

— C'est lui !

Max se laissa tomber sur le fauteuil, près du canapé, et se pencha vers son vieux copain.

— Que s'est-il passé ? Comment es-tu revenu ?

— Dis-nous tout ! renchérit Isabel.

Elle enjamba la table basse et s'assit dessus, désireuse d'être aussi près d'Alex que possible.

— Promis…

Alex s'assit, appuyant la tête au dossier du canapé, comme si la garder droite était au-dessus de ses forces.

— Je vous raconterai tout ce dont je me souviens… C'est-à-dire pas grand-chose. D'abord, il est possible que nous ayons de la compagnie.

— Continue, dit Max.

Conscient d'être sur le point d'entendre des révélations alarmantes, il avait l'air grave, comme Isabel.

— J'ignore comment, mais je me suis retrouvé dans un autre vortex. Je pouvais voir… l'espace autour de moi, comme un grand vide flou. Pourtant, je respirais… Mais ce n'est pas le plus important. Dans le vortex, j'ai senti derrière moi une… créature… qui pourrait m'avoir suivi jusqu'ici.

C'était ce qui l'avait terrifié au point de le tétaniser. Cette créature était responsable de l'état où Isabel l'avait trouvé…

La jeune fille prit la main droite d'Alex dans les siennes et la frotta doucement.

— En disant « ici », tu veux dire « la Terre » ou cette maison ? demanda-t-elle.

— Je ne suis pas sûr, avoua Alex. J'ai atterri ici parce que je n'étais pas certain de pouvoir faire face seul. J'ai pensé que j'aurais besoin… d'une puissance de feu. Et je ne voulais pas conduire cette menace jusqu'à mes parents. Je suis désolé.

Isabel lâcha la main droite d'Alex et prit la gauche.

— Tu as tort, dit Max. Tu as bien réagi. Si cette force inconnue a atteint la Terre avec toi, Isabel et moi combinerons nos pouvoirs pour l'arrêter.

— As-tu idée de ce que ça peut être ? demanda la jeune fille.

58

— Je n'ai rien vu... J'ai *senti* une présence, répondit Alex. Mais je suis sûr qu'elle attendait un geste, un acte de ma part. Et elle tuera pour l'avoir.

— La sens-tu toujours ? demanda Max.

— Je ne l'ai pas sentie me suivre jusqu'ici. Mais elle est toujours là. (Il secoua la tête.) Peut-être n'y avait-il rien, en fin de compte. Un tour de mon imagination, qui sait...

— Je ne crois pas.

— Que connais-tu de cette affaire ? demanda Isabel à son frère.

Max se leva et fit les cent pas.

— Je ne sais pas trop... Depuis cette nuit, la conscience collective est sens dessus dessous. On dirait qu'elle subit une série de... raz de marée. J'ai essayé d'en apprendre plus, mais les êtres qui la composent étaient trop bouleversés pour me répondre.

Il s'arrêta devant Alex.

— Il est possible qu'il y ait un lien entre ce que tu as senti et ce qu'ils vivent.

— Les membres de la conscience collective voulaient que je retourne sur Terre, dit Alex. Ils m'ont renvoyé.

— Un événement imprévu a pu survenir quand ils ont ouvert le vortex... J'essayerai de communiquer avec eux plus tard. Qui sait, un indice nous aidera à comprendre ce qui t'est arrivé. (Max recommença à tourner en rond.) Tu resteras ici ce soir, continua-t-il sur son ton du « grand frère a parlé ». Je vais te chercher un sac de couchage au garage.

Il quitta la pièce.

Isabel en profita pour s'asseoir près d'Alex et se blottir contre lui, consciente des frissons qui lui parcouraient le corps.

Il était sérieusement secoué.

Elle l'enlaça, l'étreignant de toutes ses forces.

— Tu es chez toi, lui murmura-t-elle à l'oreille. Rien ne pourra plus t'atteindre maintenant que tu es revenu.

CHAPITRE IV

— Combien de temps suis-je resté absent ? demanda Alex.

C'était le lendemain matin.

Max sortait la Jeep de l'allée, devant la maison des Evans.

— Environ deux semaines, répondit Isabel.

Deux semaines, seulement ! Il avait du mal à le croire.

— J'espère que quelqu'un a pensé à m'enregistrer *Oprah*, sinon, je me fâcherai, plaisanta-t-il. Comment pourrai-je garder ma réputation de garçon sensible si j'ignore tout de ce que fait Oprah ?

Isabel et Max éclatèrent de rire. Alex les imita, même s'il pensait que réagir à ses propres plaisanteries était pathétique.

Là, il ne pouvait pas s'en empêcher. Se promener en voiture dans sa stupide petite ville, en compagnie de deux de ses meilleurs amis, quel bonheur !

Il était chez lui !

— Tous les autres doivent déjà être chez Michael, dit Isabel, alors que Max tournait dans la rue du Musée de l'OVNI. Ils sont terriblement impatients de te revoir, Alex.

— Michael a dit qu'il avait une grande nouvelle à nous annoncer, ajouta Max, échangeant un regard avec son ami dans le rétroviseur. J'avoue ignorer ce qui pourrait être une plus grande nouvelle que ton retour.

— Oui, je suis une « nouvelle » de taille, plaisanta Alex, bombant le torse et gonflant ses biceps.

Isabel secoua la tête, amusée.

— On dirait que Maria est là, annonça-t-elle en voyant la voiture de la jeune fille garée sur le parking du musée.

— Attends-toi à un accueil chaleureux avec force piailleries nuisibles aux tympans, Alex ! dit Max.

Il se gara au pied de l'escalier de l'appartement qui se trouvait au-dessus du musée.

Au même instant, la porte s'ouvrit à la volée.

— Alex ! cria Maria.

Elle dévala les marches quatre à quatre, Liz sur les talons.

Alex descendit de la Jeep et courut à la rencontre de ses amies dès que ses pieds touchèrent le sol. Ses jambes n'étaient pas encore très sûres, mais il s'agissait de Maria et de Liz !

Elles le rejoignirent et se jetèrent sur lui. Il ignorait quels bras le serraient et quelles lèvres l'embrassaient… Quelle importance ?

— Allez, viens ! s'écria Liz.

Maria et elle le prirent chacune par la main et ils montèrent l'escalier, sans se lâcher.

— Laissez-le respirer ! lança Michael quand le trio franchit la porte.

Quand Alex passa devant lui, à son tour il le serra dans ses bras.

— Content de te revoir…

— Merci, répondit Alex.

Une main hésitante se posa sur son épaule, puis Adam l'étreignit assez fort pour lui couper le souffle.

— Nous avons tenté de te ramener sur la Terre, dit-il en le lâchant.

— Et nous y étions presque ! renchérit Liz.

— Oui, si près du but…, ajouta Maria. Nous avons retrouvé la trace de DuPris dans les Cavernes de Carlsbad – au fait, c'est moi qui ai percé le secret de cette énigme.

— Eh ! protesta Isabel. J'y étais pour quelque chose, moi aussi !

Alex regarda ses amis, heureux de les revoir. Il y avait Liz, Maria, Adam, Michael… et un type qu'il n'avait jamais vu.

— Il est clair que j'ai raté beaucoup d'épisodes d'*Oprah*… Je m'appelle Alex. Je ne t'apprends rien, j'imagine…

Il tendit la main.

— Moi, c'est Trevor – enfin, un nom assez proche du mien, répondit l'inconnu, jetant un coup d'œil à Michael.

Il serra la main d'Alex.

Celui-ci eut une troublante impression de déjà vu. Avait-il rencontré Trevor par le passé ? Il y avait quelque chose de familier, chez lui…

— Je suppose que Trevor est la fameuse nouvelle que tu dois nous annoncer, Michael, dit Max.

Donc, les autres ne le connaissent pas non plus, comprit Alex.

— Exact, répondit Michael. On ne peut rien te cacher… Ça vous paraîtra bizarre, car je ne suis pas censé en avoir un. Au moins, c'est ce que… Attendez, je devrais peut-être commencer par dire que… Vous voyez, j'ai ressenti ce que Trevor…

Il éclata de rire.

— Dieu, voilà que je me comporte comme Maria !

Ça alors…, pensa Alex.

Michael réagissait d'une manière… *idiote* !

Alex l'avait souvent vu se montrer sarcastique. L'humour un peu grossier ne lui faisait pas peur.

Mais il ne l'avait jamais vu agir de façon stupide. Ça ne lui ressemblait pas du tout.

— Ah, oui ? Quel mal y a-t-il à se comporter comme moi ? s'indigna Maria, les poings sur les hanches.

64

Michael se tordit de rire.

Alex sourit.

Il nageait dans le bonheur. Revoir Maria fidèle à elle-même… Le pied ! Et revoir Michael changer radicalement d'attitude… Trop génial !

— Si tu n'arrêtes pas de glousser comme un dingue évadé de l'asile et si tu n'accouches pas tout de suite… ! menaça Isabel.

— Très bien.

Michael prit une profonde inspiration.

— Trevor est mon frère.

— Tu plaisantes ? s'exclama Liz.

— Ton frère ! s'écria en même temps Isabel. Ton *frère* ?

— Combien êtes-vous, au juste ? demanda Maria, les yeux ronds. Remarquez, ce n'est pas une mauvaise chose ! ajouta-t-elle vivement.

— Recommence depuis le début, dit Max, son regard passant de Michael à Trevor. Dis-nous tout.

Alex se demandait où il avait rencontré Trevor pour qu'il lui paraisse si familier. Mais ça n'était pas tout. Rester près du jeune homme le mettait mal à l'aise. Il était tendu et agité.

Michael commença à parler si vite qu'Alex eut du mal à le suivre.

Si j'avais le pouvoir de sonder les auras…, se dit-il.

Il aurait parié que celle de Michael avait la couleur de la joie absolue.

A propos d'auras... Alex aurait volontiers jeté un coup d'œil à celle de Trevor. Elle l'aurait peut-être rassuré.

— Donc, ils ont laissé Trevor aux soins d'un groupe appelé la Fraternité, dit Michael. Enfin, une traduction approximative du nom dans notre langue. Ce groupe pense que les individus devraient avoir autant d'enfants qu'ils le veulent.

— Ils ont été forcés de t'abandonner, Trevor ? demanda Maria.

Ses yeux clairs brillaient de compassion.

Alex profita de l'interruption pour s'approcher d'une pile de housses de chaises. Il s'assit de façon à ne pas perdre Trevor de vue. Ayant mis une certaine distance entre le frère de Michael et lui, il se détendit.

— Nos parents avaient l'intention de revenir me chercher dès qu'ils auraient trouvé un endroit sûr où vivre en paix, sans devoir cacher l'existence d'un de leurs fils.

Il s'adressait à Maria, mais fixait Alex.

Qui soutint son regard. Mais quand un flot de bile lui remonta dans la gorge, il détourna les yeux.

Michael posa un bras sur l'épaule de Trevor.

— Vous savez tous comment l'histoire s'est terminée, dit-il.

Les parents de Michael et de Trevor étaient morts dans le crash de leur vaisseau, non loin de Roswell.

Un crash qui avait fait de la petite ville du Nouveau-Mexique le centre d'attractions préféré des touristes amateurs de T-shirts avec petits hommes verts.

Parfois, Alex se demandait quel effet ça faisait à ses amis de vivre dans une agglomération qui tirait une grosse partie de ses revenus de la mort de leurs parents.

— Comment es-tu arrivé ici ? demanda Max après un long silence.

Il leur avait fallu un moment pour digérer les révélations de Michael.

Max s'assit près d'Alex qui fut soulagé par sa présence.

Quel idiot tu fais !

Il avait besoin de Max pour le protéger maintenant ?

— Je savais que mes parents étaient morts sur Terre et que mon petit frère avait survécu, vivant à Roswell sous le nom de Michael Guerin, expliqua Trevor. Les membres de la Fraternité ont pu obtenir ces informations et me les communiquer.

— Tu es arrivé hier ? demanda Liz.

Elle se laissa tomber sur le tapis, en face de Max et d'Alex, faisant signe aux autres de s'asseoir.

— Oui, je viens de débarquer ! plaisanta Trevor.

Il s'installa à côté d'Alex, à qui il fallut une bonne dose de maîtrise de soi pour ne pas bondir sur ses pieds et fuir.

— Comment as-tu appris notre langue, et tout le reste ? demanda Adam, s'asseyant près d'Isabel.

— La Fraternité a réussi à me fournir le matériel nécessaire pour que j'assimile votre langue et vos coutumes. J'avais toujours rêvé de venir ici, mais je n'aurais jamais cru vivre cela un jour jusqu'à ce que…

— … La conscience collective ouvre un deuxième vortex pour renvoyer Alex sur Terre, intervint Michael. En gros, Trevor a fait du stop pour nous rejoindre.

L'estomac d'Alex se serra. C'était Trevor, la présence qu'il avait sentie dans le vortex ! *Trevor* attendait de lui une chose pour laquelle il n'hésiterait pas à tuer…

— Alors nous aurons un motif d'inquiétude en moins, dit gaiement Isabel. Alex a senti une présence dans le vortex et nous avions peur que ce soit un nouveau danger.

Tout le monde rit. Alex se força à sourire. Mais il n'avait pas imaginé la détermination de la créature à anéantir de sang-froid tout ce qui se dresserait sur son chemin…

— J'aurais aimé être là quand vous vous êtes rencontrés, Trevor et toi, Michael, dit Max. Un moment digne d'une série télévisée pur sucre.

Son ton était parfaitement naturel mais son regard… froid et grave.

Il dévisagea son ami de toujours.

— Un détail m'étonne, néanmoins. Comment Trevor t'a-t-il convaincu qu'il était bien celui qu'il prétend être ?

Max non plus n'en est pas si sûr ! pensa Alex.

— Je ne comprends pas comment la conscience collective a réussi à ouvrir un second vortex, continua Max. Je l'avais demandé pour rapatrier Alex… Nos congénères m'ont répondu qu'ils n'en auraient plus la force avant longtemps.

Trevor haussa les épaules.

— Je me suis contenté de profiter de l'aubaine, et j'ignore comment ils s'y sont pris. Je ne suis pas connecté à la conscience collective.

Il se tourna vers Alex, l'invitant à donner son opinion.

Alex se força à regarder Trevor dans les yeux. Mais il se détourna le premier.

— Aucune idée, admit-il. Ma mémoire a dû être… effacée. Je me souviens d'avoir été aspiré par le vortex destiné à ramener DuPris sur sa planète. Puis de m'être retrouvé dans un deuxième, direction la Terre. Entre ces deux événements, rien de précis. J'ai le souvenir de sons étouffés et de vagues silhouettes.

Il espéra que son mensonge passerait. Il savait comment la conscience collective s'y était prise pour le renvoyer sur Terre.

L'air de rien, il fourra une main dans sa poche et referma les doigts sur la Pierre de Minuit.

A son retour sur Terre, une des trois sources d'énergie était en sa possession.

Il en aurait mis sa tête à couper : la pierre avait rouvert le vortex.

Alex avait l'intention de la remettre à Max, la veille, mais les événements s'étaient précipités, et il n'en avait pas eu l'occasion. Maintenant, ça devenait impossible. Il guetterait l'instant propice.

Pour l'heure, il devait s'assurer de la véracité de l'histoire de Trevor.

— Euh… Puisque je sais à présent que le croque-mitaine n'était que le frère de Michael, je crois que je vais rentrer chez moi, histoire de rassurer mes parents.

— Je t'y conduis, proposa Max.

— Je vous accompagne, renchérit Liz. (Elle sourit à Trevor.) J'espère entendre plus tard tout ce qu'il y a à savoir à ton sujet.

Et moi donc ! pensa Alex.

Avant tout, il mettrait en sécurité la Pierre de Minuit.

Ensuite, il réfléchirait à la marche à suivre.

— Alex, il y a une chose que tu dois savoir avant de rentrer chez toi, dit Liz dès qu'ils furent en route.

Son expression inquiète noua l'estomac d'Alex.

— Ton père…, commença la jeune fille, hésitante.

Si ça continuait, Alex fondrait un fusible.

Quoi, son père ?

L'avait-il finalement renié ? Avait-il eu une attaque ? Avait-il hurlé une fois de trop, déclenchant une combustion spontanée de son corps ?

— Dis-moi !

— C'est un agent du Projet Table Rase.

Alex eut l'impression de traverser un autre vortex.

— Nous l'avons découvert par hasard. Lui aussi essayait de te ramener, expliqua Max en jetant un coup d'œil par-dessus son épaule.

— Une minute… Mon père était à ma recherche ? Vous plaisantez ? Le garage avait besoin d'être nettoyé, ou quoi ?

— Ton père s'était lancé à la poursuite de DuPris. Il avait en sa possession un objet conçu par les scientifiques du Projet Table Rase. Cet objet est capable d'absorber l'énergie. Ton père l'a activé quand DuPris s'est servi de la Pierre de Minuit. Comme nous étions aussi aux trousses de DuPris, nos chemins se sont croisés.

— Mais il n'a pas découvert la vérité, ça me paraît évident, dit Alex. Isabel, Michael, Adam et toi êtes toujours libres, alors il ne connaît pas votre secret, n'est-ce pas ?

Il ne pouvait imaginer pire, question scénario catastrophe : son père enfermant ses amis pour pratiquer des expériences inavouables sur eux.

N'était-ce pas ce que le shérif Valenti avait infligé à Adam ?

— Il sait, répondit Liz. C'était inévitable. Mais il nous a aidés à échapper à DuPris… et à une mort certaine.

— Tu as raté la dernière tentative de DuPris visant à se débarrasser définitivement de nous…, précisa Max.

Il tourna dans la rue où vivait Alex.

— A entendre ton père, ajouta Liz, nous avions tort de croire que la mission du Projet Table Rase était d'exterminer des extraterrestres.

Les dernières zones du cerveau d'Alex encore fonctionnelles l'avertirent : elles frisaient la surcharge.

— Alors, si le but n'est pas de pratiquer des expériences sur les extraterrestres, quel est-il ?

Max gara la Jeep devant la maison de son ami.

— Ça, nous l'ignorons, admit-il.

Génial, pensa Alex. *Un sujet d'inquiétude supplémentaire. Pour un retour, c'est un retour…*

— Doug Highsinger ne se doute-t-il pas que sa précieuse Mustang risque d'être rayée s'il la gare à cheval sur deux places de parking ? grommela Max.

Il glissa la Jeep dans l'espace exigu laissé par son camarade. Il n'avait pas le choix puisqu'il n'y avait plus une place libre sur le parking du lycée.

Liz étouffa un soupir.

Pour le moment, Max n'était pas connecté à la conscience collective. Il ne lui en accordait pas plus d'attention pour autant...

Elle n'exigeait pas qu'il la vénère comme une déesse... Elle ne demandait pas non plus qu'il se conduise comme Adam, mais...

Eh !

D'où lui venait une telle pensée ?

Quand il est dans la même pièce que toi, Adam agit comme si tu étais le centre de son univers, répondit la petite voix dans sa tête.

Liz choisit de l'ignorer.

Elle ouvrit son sac à dos, en sortit un sachet de papier brun et le tendit à Max.

Il renifla le contenu.

Myrtille et piment jalapeno.

— Tu les as faits pour moi ? demanda-t-il.

Au ton de sa voix, on aurait dit qu'elle venait de décrocher la lune pour lui.

Liz fut envahie par une vague de plaisir : « quelle excellente petite amie je fais ».

Un plaisir en partie gâché parce qu'elle lui avait fait des muffins juste après avoir rendu visite à Adam.

La pâtisserie comme moyen thérapeutique d'évacuer sa culpabilité !

— Toi seul peux les apprécier, lui rappela-t-elle.

Max enroula délicatement la queue-de-cheval de

la jeune fille autour de son poing et lui inclina tendrement la tête en arrière. Il se pencha sur elle et l'embrassa.

D'une manière qui ne laissa aucun doute : elle *était* le centre de son univers.

Maintenant qu'Alex est revenu, tout sera différent, pensa Liz quand les lèvres de Max abandonnèrent les siennes.

Il n'aurait plus à se connecter si souvent – ni si profondément – à la conscience collective.

— Pour gagner le cœur d'un homme, il faut d'abord charmer son estomac, dit-on… J'ai toujours cru à de la propagande sexiste. Eh bien… j'avais tort !

— J'aime ces muffins, fit Max. Mais moins que toi ! ajouta-t-il, d'humeur espiègle.

Liz l'attrapa par le col de son T-shirt et l'attira à elle.

Ils s'embrassèrent encore.

C'était si bon. Comme si une pièce manquante, dans la vie de Liz, avait miraculeusement repris sa place.

Elle glissa une main sur la nuque de Max pour la caresser.

Il lui mordilla la lèvre inférieure.

Soudain, sa bouche devint molle.

Liz s'écarta lentement de son compagnon et le regarda dans les yeux… vides de toute expression.

La répulsion la submergea.

Max avait sombré dans une connexion alors qu'il était en train de l'embrasser ! Les membres de la conscience collective avaient-ils senti leur baiser ? La sensation de ses lèvres et de sa langue sur celles de Max ?

Liz tira sur le col de son T-shirt pour s'en couvrir la bouche et la frotter. Encore et encore.

Quand elle eut fini, son col était couvert de rouge à lèvres couleur prune.

Elle jeta un coup d'œil à Max.

A la *créature* qu'il était devenu. Car en cet instant, ce n'était plus Max, le garçon qui venait de lui donner l'impression qu'ils étaient seuls au monde, dans leur propre jardin d'Eden.

Liz tendit une main vers la poignée de la portière, puis hésita.

— Je ne peux pas le laisser comme ça…, murmura-t-elle. Et si ce n'était pas une simple connexion ? Si c'était plus grave ?

Elle n'avait jamais vu Max « partir » si soudainement.

Liz se força à rester jusqu'à ce qu'il revienne à lui.

Cet épisode n'a rien à voir avec Alex…

Elle devait accepter que Max ait changé depuis son *akino*. Aujourd'hui, le lien avec la conscience collective était le plus intense de sa vie.

— Navré…, dit-il. J'ai reçu un flot massif…

d'émotions. C'était si fort que j'ai perdu tout contrôle. Il m'a… emporté.

— Tu vas bien ? demanda la jeune fille.

Dis oui, que je puisse sortir de cette voiture !

Elle désirait si fort être loin de lui qu'elle en fut choquée.

— Oui, répondit-il d'une voix pâteuse. Si je savais ce qui se passe… C'est peut-être en rapport avec une des Pierres de Minuit. Aucun être n'a pris le temps de s'expliquer…

Inclinant la tête, il jeta un coup d'œil à la montre de la jeune fille.

— Combien de temps a duré mon absence ?

— Moins d'une minute, répondit Liz.

Elle tendit de nouveau un bras vers la poignée de la portière.

— Il nous reste un peu de temps…

Max glissa un bras autour des épaules de la jeune fille en souriant.

Liz frissonna involontairement.

— Je dois passer à la bibliothèque avant les cours, mentit-elle.

Elle descendit de la Jeep et partit en courant.

Ça n'était pas qu'elle refusait d'embrasser Max… Mais ce n'était plus *lui*. Plus vraiment.

Alex entendit une clé tourner dans la serrure. Une seconde plus tard, il capta des bribes de conversation. Ses parents !

Le cœur serré, il se leva de la table de la cuisine. La porte s'ouvrit et les Manes entrèrent, portant chacun deux sacs d'épicerie.

Sa mère leva la tête ; les courses tombèrent de ses mains soudain sans force.

— Alex ?

— C'est moi, maman…, répondit-il, aussi ému.

— Alex ?

Elle trébucha, son talon butant contre un paquet de cookies tombé d'un des sacs.

Alex la rattrapa par les coudes. Sa mère s'agrippa à lui comme à une bouée de sauvetage.

— Ne t'inquiète pas, maman, je vais bien…

— Où étais-tu ? cria-t-elle.

Ses doigts s'enfoncèrent tellement dans la chair de son fils qu'ils lui laissèrent des marques. Mais il ne fit rien pour se dégager.

— Je… J'étais allé dans le désert, et… je crois que je me suis perdu.

Son explication lui parut horriblement tirée par les cheveux.

— Je me suis retrouvé dans une grotte. Je ne me souvenais même pas d'y être entré…

— Un coup de chaleur, commenta son père de son ton le plus autoritaire.

— Oui, peut-être, répondit Alex. Je n'avais pas emporté assez d'eau. Quelle stupidité ! Après… Retrouver mon chemin m'a pris des jours.

— Veux-tu manger ? demanda sa mère. Ou préfères-tu te reposer un peu ? Tu dois être épuisé.

Des larmes lui brouillèrent les yeux… Dans la famille Manes, on était censé se comporter comme si rien n'avait de prise sur soi. Le major était le champion, à ce jeu-là, et il entendait que sa famille suive son exemple en toutes circonstances.

Il posa ses sacs d'épicerie sur la table, prit sa femme par les épaules et l'éloigna d'Alex.

— Pourquoi n'irais-tu pas te rafraîchir un peu ? Je vais nous préparer des œufs brouillés.

— Je… Oui, tu as raison.

Mme Manes arracha une feuille d'essuie-tout au rouleau accroché au-dessus de l'évier. Elle sortit en se tamponnant les yeux.

— Ramasse ces trucs par terre, puis mets du pain à griller, tu veux ? dit le major à Alex.

Ravi de te revoir aussi, papa, pensa ironiquement le jeune homme en se baissant pour ramasser les sacs et la boîte de cookies.

Il les posa sur la table avant de se lancer à la recherche du pain.

Mais qu'est-ce qui me prend ?

Il laissa ses bras retomber le long de ses flancs.

— Tu sais où j'étais vraiment… Et j'ai appris que tu étais un agent du Projet Table Rase.

Le major hocha la tête.

Contournant son fils, il sortit une boîte d'œufs du réfrigérateur puis, campé devant les plaques de cuisson, tira une poêle à frire du placard situé dessous.

— Je suppose que ta mémoire a été effacée quand *ils* t'ont renvoyé, dit-il.

Il cassa deux œufs dans la poêle.

— Oui…

Son père ne lui ordonnait pas de parler. C'était nouveau.

— Je veux que tu ailles voir un médecin – simple précaution.

Après réflexion, le major cassa cinq nouveaux œufs dans la poêle.

— Passe-moi une fourchette.

Alex lui tendit une cuiller en bois.

— Tu n'as pas vraiment envie de te brûler les doigts…

— Merci.

Le major battit vigoureusement les œufs.

— J'ai beaucoup pensé au programme militaire qui doit commencer au lycée.

Je ne suis pas rentré depuis une demi-heure et il me tombe dessus avec ses histoires… Il se fiche de ce qui m'est arrivé. Tout ce qui l'intéresse, c'est que les gens puissent s'extasier : « Regardez ça, ses quatre fils sont dans l'armée ! »

— Tu as l'âge de prendre des décisions, continua son père. (Sans cesser de battre les œufs, il prit le moulin à poivre.) Si tu n'as pas envie de participer au programme, personne ne t'y oblige.

Alex en resta pétrifié. Avait-il bien entendu… ?

Message caché : *Tu m'as manqué, fiston, et je suis fier de toi !*

Peut-être même… *Je t'aime, mon fils.*

— Ce que tu viens de dire signifie énormément à mes yeux, répondit Alex.

La phrase idéale pour réagir au discours codé de son père…

Il se retourna et sortit le pain de mie du sac d'épicerie. Il compta six tranches qu'il commença à glisser dans le grille-pain.

— Papa, avant que maman revienne, j'aimerais que tu m'expliques ce qu'est le Projet Table Rase…

Le jeune homme ne se retourna pas, regardant le grille-pain virer à l'orange vif.

— Vas-tu arrêter mes amis et les enfermer ?

— Tout ce qui concerne le Projet Table Rase est classé top secret, répondit le major. Mais je vais quand même te répondre : tes amis n'ont rien à craindre de nous.

— C'est tout ce que tu peux dire… à ton propre fils ?

— Oui. Passe-moi des assiettes.

Alex en sortit trois d'un placard. Les tranches furent éjectées du grille-pain. Il les posa à côté des œufs brouillés, puis porta le tout à table.

Un peu plus tard, il entendit le cliquetis des

talons de sa mère. Il ne lui restait plus guère de temps en tête-à-tête avec son père.

— Une dernière chose, papa... Merci d'avoir essayé de me ramener !

Le major se tourna vers son fils.

— Je ferais n'importe quoi pour toi, répondit-il d'une voix rauque. N'importe quoi. Ne le sais-tu pas ?

Maintenant, oui, pensa Alex.

CHAPITRE V

— Je devrais voyager dans l'espace via un vortex et revenir par le même chemin, dit Maria à Liz.

Les jeunes filles roulaient en direction du *Crashdown Café*, où elles prendraient leur service.

— Pourquoi ? demanda Liz.

Elle tendit un bras pour ramener le volant sur la droite.

Quand elle conduisait, Maria avait tendance à mordre sur la mauvaise file, tant elle était prise par la conversation.

— N'as-tu pas remarqué qu'Alex est… transfiguré ? répondit Maria. Il a des cheveux dignes d'une publicité pour un shampooing et une peau idéale pour vanter les mérites d'un savon. Et le frère de Michael ? Il pourrait être sur une affiche ! Je le verrais bien sur un panneau de plusieurs mètres.

Liz redressa de nouveau le volant.

— Si nous trouvons le moyen de créer un vortex,

nous pourrions ouvrir un centre de cure. Le *Ranch du Vortex*, spécialisé dans le voyage spatial qui rend beau ! Mais j'y pense : tu y donnerais même des cours d'aromathérapie !

— Peut-être… J'avoue que je préférerais garder le secret du vortex pour moi toute seule – un genre d'élixir de beauté… Enfin, ce serait aussi ton secret, bien sûr.

Elle ricana en se garant sur le parking du *Crashdown*.

— Mais à mon avis, tu n'en as pas besoin. Regarde-toi ! Pas étonnant que tu aies trouvé le petit ami parfait.

Mon merveilleux petit ami, qui entre en transe quand nous nous embrassons ! pensa Liz, amère.

Elle descendit de voiture.

— Le frère de Michael est libre…, suggéra-t-elle.

— Si on ne peut pas avoir le vrai, pourquoi ne pas se rabattre sur la version allégée ? plaisanta Maria.

Elles se dirigèrent d'un même pas vers le restaurant.

— Quand je reverrai Michael, je ne manquerai pas de lui dire que tu le trouves « gras », la taquina Liz.

Elle poussa la porte, et les célèbres notes du thème du film *Rencontres du troisième type* retentirent. Elles furent presque assourdies par la musique qui filtrait du bureau du propriétaire.

— Oh, non, murmura Maria. Les Doors, n'est-ce pas ? Sommes-nous en retard à ce point ?

Liz jeta un coup d'œil à sa montre.

— Non.

Son père écoutait les Doors quand il était d'une humeur massacrante. Un léger retard n'avait pas pu le mettre dans cet état…

M. Ortecho jaillit de son bureau et vint à leur rencontre.

On aurait pu croire qu'un homme portant un T-shirt à l'effigie des Grateful Dead et coiffé d'une queue-de-cheval était cool. Erreur. Le père de Liz avait mauvais caractère… et il n'en faisait jamais mystère.

— Ta mère est venue déjeuner ici aujourd'hui, annonça M. Ortecho à Maria.

Les jeunes filles se dirigeaient vers la réserve du restaurant, qui servait également de vestiaire.

— Oh, c'est… une bonne surprise, répondit Maria.

Elle dansait nerveusement d'un pied sur l'autre.

Avait-il appris que leur week-end aux Cavernes de Carlsbad n'avait été chaperonné par aucun adulte ?

M. Ortecho fit un pas vers Maria ; la jeune fille recula d'autant.

84

— Elle m'a dit que c'était gentil de ma part de vous avoir accompagnés aux Cavernes…

— Nous devions vraiment…, commença Maria.

— Plus un mot ! cria M. Ortecho. Il n'y a pas d'excuse pour justifier votre conduite et je ne veux plus entendre de mensonges !

Il se tourna vers Liz, ses yeux brillant dangereusement.

— Maintenant, je veux savoir sur quels autres sujets tu m'as menti !

Liz jeta un coup d'œil dans la salle. Par bonheur, il y avait un seul client, M. Orndorff. Il avait probablement baissé le volume de son sonotone.

— Je ne t'ai menti sur rien d'autre, c'est promis…

Ce n'était pas entièrement vrai.

Combien de fois avait-elle prétendu passer la nuit chez Maria, alors qu'elle partait avec ses amis ? Exemple, la virée du groupe à Albuquerque, pour arracher Isabel et Adam aux griffes de DuPris.

Mais elle n'avait jamais menti sur l'alcool ou la drogue. Toutes choses qui terrifiaient son père… Elle ne s'était jamais soûlée et n'avait pas touché à la drogue… Bref, elle ne marcherait pas sur les traces de sa sœur Rosa.

— Et je suis censé te croire ? Ce serait ton seul et unique mensonge, c'est ça ?

Les yeux de son père semblèrent s'assombrir encore. Piquée au vif, Liz releva le défi. Se redressant de toute sa taille, elle soutint le regard paternel sans ciller.

— Tu es censé avoir confiance en moi, répondit-elle.

M. Ortecho saisit le poignet droit de sa fille et le fit tourner. Il l'étudia avant de le lâcher et de faire subir le même examen au gauche.

Des piqûres d'aiguille.

Voilà ce qu'il cherchait.

Liz eut l'impression que son cœur pompait soudain de l'eau glacée. Le froid l'envahit. Ses membres se pétrifièrent…

— Je dois me changer…

Elle partit, Maria sur les talons.

— Je n'en ai pas fini avec toi ! lança M. Ortecho dans son dos.

— Je dois me changer, répéta Liz, sans se retourner.

Si elle le regardait, elle le haïrait jusqu'à la fin de ses jours.

— Parfait. Va te changer ! Mais dorénavant, hors des heures de cours ou de service, tu seras consignée à la maison. Il n'y aura aucune exception. Si tu dois aller à la bibliothèque, ta mère ou moi t'accompagnerons.

Liz entra dans le vestiaire et se laissa tomber sur une chaise bancale. Elle avait si froid que c'était un miracle que ses jambes l'aient portée jusque-là.

Maria s'empressa de refermer la porte derrière elle, épargnant à son amie la vision des regards curieux et compatissants que lui jetaient les autres employés.

— Ça va ?

Liz secoua la tête.

— Tu as vu ce qu'il cherchait, n'est-ce pas ? Il a examiné mes bras pour voir si je n'avais pas de marque d'aiguille !

— Oui, répondit Maria d'une voix douce. Liz, tu sais qu'il a peur à cause de…

— … de ce qui est arrivé à Rosa. Elle a fait une overdose et il croit que c'est sa faute parce qu'il ne s'est aperçu de rien. Mais tu sais quoi, Maria ? Je ne suis pas ma sœur ! Je passe mon existence à le leur prouver !

Elle allait éclater en sanglots… Pas question ! Pas maintenant, alors qu'il pouvait l'entendre.

Maria s'assit près de son amie et la poussa gentiment de l'épaule.

— As-tu pensé à le dire à ton père ?

— Tu plaisantes ?

Liz glissa les mains entre ses genoux, essayant de ramener un peu de chaleur dans ses doigts glacés.

En vain.

— Comment le pourrais-je quand personne à la maison ne prononce le prénom « Rosa » ? Nul ne parle d'elle. Nous n'avons pas même une photo ! Tous les clichés ont disparu au lendemain de sa mort. Je les ai cherchés, mais…

Un coup frappé à la porte interrompit sa tirade.

— Avez-vous décidé de travailler, ou dois-je dire à Evie et à Jose de faire des heures supplémentaires ? demanda M. Ortecho.

— Une minute ! répondit Maria.

Elle prit son uniforme sur le ceintre, saisit celui de Liz et le lui tendit.

La jeune fille le regarda fixement sans le prendre.

Maria le lui agita sous le nez.

— S'il te plaît ? Pour moi…

— Sais-tu ce que je viens de comprendre ? C'est mon père. Nous vivons sous le même toit. Je travaille dans son restaurant. Et pourtant il ne me connaît pas.

— Je veux tout savoir de toi ! dit Michael à Trevor.

A son grand dam, il dut s'avouer que son ton aurait parfaitement convenu… à une série télévisée mièvre. Ce n'était pas ainsi qu'il avait entendu exposer sa requête. Mais… la joie le rendait stupide.

Il avait un frère !

— Que veux-tu savoir ? demanda Trevor.

Ils se promenaient dans les rues de Roswell. Le

jeune homme tournait la tête en tous sens, comme s'il avait peur de rater quelque chose.

— Parle-moi de… la Fraternité, par exemple. Ses membres veulent-ils que les nôtres aient droit à plus d'un cycle de reproduction ?

— Non, pas tous, répondit Trevor. Ceux qui militent pour ce droit ne sont pas les seuls à devoir se cacher pour vivre comme ils le souhaitent.

— Vraiment ?

Michael s'était toujours représenté sa planète d'origine comme un endroit parfait, une sorte de paradis où l'attendait une vie rêvée… à condition de retrouver le vaisseau spatial de ses parents.

Il mesurait maintenant sa puérilité. Pourquoi la Terre serait-elle l'unique planète de l'univers où tout n'était pas parfait ?

— Ça ressemble assez à ton ami Alex, dit soudain Trevor, montrant le Ronald en plastique, grandeur nature, du *McDonald's*.

Alex, encore.

C'était bien la cinquième fois que Trevor mentionnait le jeune homme.

Michael jeta un coup d'œil distrait à l'effigie.

— A cause de la couleur de cheveux, peut-être… Pour quelles autres raisons les habitants de notre monde rejoignent-ils la Fraternité ? demanda-t-il, essayant de changer de sujet.

— Certains, parce que…

Trevor fut interrompu par un coup de klaxon tonitruant. Michael tourna la tête et vit Mme Pascal baisser sa vitre.

— Michael ! lança-t-elle. Il faut que tu viennes dîner un soir ! Tu nous manques beaucoup. Et tu sais que Dylan aimerait te revoir, n'est-ce pas ?

— Je viendrai, promit le jeune homme.

Et il tiendrait parole. Mme Pascal lui semblait moins ennuyeuse depuis qu'il n'avait plus à vivre sous le même toit qu'elle.

— Qui est-ce ? demanda son frère quand la conductrice fut repartie.

— Une de mes mères adoptives.

— Combien en as-tu eu ?

Trevor s'arrêta devant le lave-auto et étudia la photographie d'un chat qui donnait son vaisseau spatial à laver.

— Cette chose ne pourrait jamais voler, fit-il.

— Cette chose ne pourrait jamais la faire voler, renchérit Michael, désignant le félin du menton.

— Alors, combien as-tu eu de mères adoptives ? insista Trevor, continuant son chemin.

— Beaucoup trop. J'ai renoncé à les compter, admit Michael. Es-tu resté avec une famille en particulier, au sein de la Fraternité ?

— Non. On pourrait dire que j'appartenais à tout le monde.

Le contraire de moi, pensa Michael.

90

Il n'avait appartenu à personne.

Il se sentit écœuré par sa réaction.

Comme si les choses avaient été plus faciles pour Trevor !

Ses parents lui avaient promis de revenir le chercher… Et il ne les avait jamais revus.

— Je parie que la famille d'Alex s'est fait du mouron.

Et nous revoilà en train de parler d'Alex…

— Oui, ils flippaient complètement.

— Chez nous, certains étaient très inquiets quand il est arrivé.

Trevor se passa les doigts dans les cheveux. Surpris, Michael constata que son frère et lui avaient presque les mêmes mains. Se ressembleraient-ils toujours, quelle que soit l'apparence que prendraient leurs corps, capables de s'adapter à tous les environnements ?

— Max n'a pas cessé de transmettre à la conscience collective des informations concernant Alex. Il espérait réduire au minimum les risques de panique.

— Quel genre d'informations ? demanda Trevor.

— Eh bien, il a montré comment Alex nous avait sauvé la vie, à Max, à Isabel et à moi, quand le shérif Valenti – l'agent du Projet Table Rase dont je t'ai parlé – a fini par comprendre que nous étions ceux qu'il recherchait. Et il leur a montré

Alex, assis devant la chambre close d'Isabel, pour lui raconter des histoires, alors que le shérif Valenti venait de tuer son petit ami sous ses yeux.

— Alex semble être un excellent ami.

— Un des meilleurs qu'on puisse rêver avoir !

S'avisant soudain qu'il avait l'eau à la bouche, il éclata de rire.

— Je commence à saliver dès que j'approche de ce pâté de maisons... Allez, viens ! Il est temps que tu goûtes ton premier beignet.

Michael emmena Trevor dans la boutique et choisit quatre beignets. Puis il fit signe à son frère de le suivre vers une des petites tables. Là, il lui tendit deux de ses acquisitions.

Trevor prit la première et la porta à ses lèvres.

— Attends ! s'écria Michael. Il faut d'abord l'arroser de Tabasco.

Tel un magicien, il sortit de sa poche une poignée de sachets de sauce pimentée et les posa sur la table. Il en déchira deux, dont il répandit le contenu sur le beignet de Trevor.

— Très bien. Maintenant, vas-y !

Michael regarda Trevor mordre à belles dents la pâte imbibée de Tabasco. Il sourit en voyant le visage de son frère s'illuminer de plaisir.

— C'est bon ?

— Fabuleux ! Fantastique ! Phénoménal !

— Nous devons avoir les mêmes goûts ! jubila Michael.

92

— Je le crois aussi ! dit Trevor. Je suppose qu'Alex n'aimerait pas manger son beignet avec de la sauce pimentée ?

Pourquoi me pose-t-il toutes ces questions sur Alex ? s'étonna Michael.

Il haussa mentalement les épaules.

Il se fichait de leurs sujets de conversation. Le principal ? Il était avec son frère.

CHAPITRE VI

— Hier soir, j'ai eu une idée brillante ! s'écria
Stacey Scheinin. A la mi-temps, nous devrions
épeler le nom de l'équipe avec nos corps ! J'aimerais entendre un : « Oui ! » retentissant !

Toutes les « aspirantes Stacey » s'empressèrent
de crier :

— Oui !

— Je trouve que c'est une excellente idée,
ajouta Isabel.

Les pom-pom girls se tournèrent vers elle,
bouche bée.

Il fallut un instant à la jeune fille pour deviner
pourquoi.

*Oh... C'est la première fois que je suis d'accord
avec Stacey !*

Ça prouvait à quel point elle était de bonne
humeur.

Aujourd'hui, elle se sentait capable d'aimer tout
le monde. Même Stacey...

— Tu te sens bien ? J'ai soudain besoin d'un sac pour vomir, murmura son amie Tish Okabe.

— Je me sens *merveilleusement* bien, assura Isabel.

Alex était revenu !

Michael avait un frère !

Et le shérif Valenti était toujours aussi mort !

Elsevan DuPris restait libre de nuire en toute impunité, mais… pas question qu'elle gâche un des plus beaux jours de sa vie en pensant à lui.

— Tu sembles follement heureuse, aujourd'hui, constata Stacey sur un ton qui se voulait soupçonneux.

Une fille affligée d'un timbre de voix à la Minnie Mouse avait beaucoup de mal à prendre un ton vraiment soupçonneux.

— Ton nouveau copain te fait un effet fou, on dirait.

Isabel suivit la direction de son regard et vit… Kyle Valenti, qui la dévisageait. Il sortit un briquet, l'alluma, l'éteignit, le ralluma…

Quel toquard ! pensa Isabel. *Il s'imagine être à un concert, ou quoi ?*

Elle sentit sa joie s'évaporer. Kyle avait une idée derrière la tête. C'était clair comme de l'eau de roche.

Probablement une idée bête et méchante, à son image.

Isabel lui tourna délibérément le dos. Kyle était

un insecte. S'il devenait trop agaçant, tôt ou tard, elle l'écraserait comme une punaise.

— Il arrive que certains de mes admirateurs se transforment en adorateurs, répondit-elle à Stacey.

— Je parie que tu regrettes d'avoir jeté Alex, fit Lucinda Baker. Je l'ai vu se pencher au-dessus de la fontaine à eau, ce matin. Il a dû passer du temps à faire de la musculation…

— Oh, oui ! renchérit une « aspirante Stacey ». Comment n'avais-je pas remarqué à quel point il est craquant… !

Isabel devait reconnaître qu'elles avaient raison. Alex était rentré avec un petit quelque chose de… différent. Faible et effrayé, il avait commencé par s'écrouler sur le paillasson. Mais quand elle s'était faite à l'idée qu'il était de retour sur Terre, elle n'avait pu s'empêcher de remarquer l'évidence : il avait subi une authentique transformation. On eût dit qu'il émanait de lui une… lumière.

Mais elle ne parlerait pas d'Alex avec l'équipe de pom-pom girls !

— Alors, veux-tu qu'on s'entraîne à former des lettres avec nos corps dès aujourd'hui ? demanda-t-elle à Stacey.

— Il est tard. Nous commencerons la prochaine fois. C'est tout pour aujourd'hui !

Stacey semblait déconcertée.

Bon à savoir, se dit Isabel. *Si je veux lui*

embrouiller les idées, il suffit de me montrer gentille avec elle !

— Il n'y a rien entre Kyle Valenti et toi ? demanda Tish alors que les deux jeunes filles regagnaient les vestiaires.

— Ai-je bien entendu ? M'as-tu réellement demandé s'il y avait quelque chose entre *Kyle Valenti* et moi ? répondit Isabel, feignant d'être horrifiée.

Tish sourit.

— D'accord, mais il y a un garçon là-dessous… Ça se voit comme le nez au milieu de la figure ! T'es-tu remise avec Alex ? Il est ultra-craquant !

Elle tint la porte des vestiaires pour son amie.

— Voyons, Tish, on n'est plus dans les années cinquante ! (Isabel se laissa tomber sur le banc en bois et retira ses chaussures.) Un flirt n'est pas la seule chose au monde qui puisse rendre une fille heureuse, tu sais.

Encore que Trevor offrît certaines… possibilités.

— N'essaie pas de jouer à ce jeu-là avec moi, Isabel Evans ! l'avertit Tish, lui agitant un index sous le nez. Je sais combien de fois tu as revu le dernier film de Julia Roberts !

— Je ne dis pas que les garçons ne m'intéressent pas, corrigea Isabel. Ils peuvent même être très divertissants. Mais je le répète, il y a d'autres choses dans la vie.

Isabel ouvrit son casier pour prendre sa serviette. Elle en apportait toujours une de la maison. Celles de l'école étaient trop fines. Et trop de gens s'en servaient.

Quand elle dégagea le rectangle en éponge, une poupée tomba avec un bruit mat.

— Oh, regarde ! C'est si mignon ! roucoula Tish en la ramassant. Elle porte un joli petit uniforme de pom-pom girl !

Isabel remarqua le visage de la poupée.

Ou du moins le carré de plastique brûlé qui lui en tenait lieu.

Kyle s'est amusé avec son briquet…

Du bout des doigts, elle prit la poupée et la jeta à la poubelle.

Et maintenant, à la douche !

Je devrais m'occuper de Kyle… de préférence tôt que tard…

— Tu as de *graves* ennuis ! lança Kevin avec un sourire narquois.

Maria ferma la porte.

— Si j'étais toi, je ne me réjouirais pas si vite ! N'oublie pas, je connais à ton sujet des histoires gênantes que maman adorerait entendre, j'en suis sûre. Elles te vaudraient d'être enfermé à vie dans ta chambre.

— Arrête, je vais faire dans mon froc !

Kevin agita des bras soudain aussi mous que des spaghettis.

— C'est toi, Maria ? appela sa mère dans la cuisine.

— Oui ! répondit la jeune fille.

— Viens ici une minute.

— Tu vois ? souffla Kevin.

Maria ignora son petit frère et alla dans la cuisine. Une chose la rassurait…

Au moins, la confrontation avec ma mère ne dégénérera pas en affrontement, comme Liz avec son père.

Elle prit une profonde inspiration et entra.

En premier, elle remarqua une mosaïque d'emballages de minibarres chocolatées disposés sur la table devant sa mère.

Mauvais signe.

Mme DeLuca ne mangeait pas de friandises, à moins d'être perturbée.

— J'ai parlé avec M. Ortecho… Vous êtes partis en week-end à Carlsbad sans chaperon.

Sans chaperon, se répéta Maria, n'en croyant pas ses oreilles.

Une expression passée de mode… Pire, d'un autre âge ! On aurait dit que leurs parents voulaient qu'ils emmènent en excursion une gouvernante en robe noire à l'air revêche !

Elle dissimula son amusement.

Eclater de rire en cet instant aurait été une *très* mauvaise idée.

— C'est vrai, répondit Maria. Mais je ne t'ai jamais dit que M. Ortecho devait nous accompagner. Tu as interprété mes paroles...

— Maria.

Le ton suffit à la faire taire. Inutile de chercher des excuses...

Sa mère déballa une autre minibarre chocolatée et la fourra dans sa bouche.

— Maria..., répéta-t-elle sur un ton moins incisif.

Elle avala la friandise, puis une autre avant de continuer.

— Maria, as-tu... ? Es-tu... ?

Elle fit mine de prendre une autre barre. Maria lui plaqua la main sur la table.

— J'avoue ignorer de quoi tu parles, maman.

— Je ne suis pas douée pour ça... J'ai passé des heures à me creuser la tête... Comment aborder avec toi le sujet de... euh... l'intimité ?

De l'intimité..., se répéta Maria, hébétée.

Oh, non... Oh, Dieu !

Sa mère voulait parler de sexe !

Maria prit une minibarre chocolatée, la déballa et l'avala. La deuxième fois, cette semaine, qu'elle ingurgitait un aliment contenant du sucre raffiné. Qu'est-ce qui ne tournait pas rond, chez elle ?

— Que tu aies passé le week-end avec des garçons ne me remplit pas de joie, Maria !

Mme DeLuca dégagea sa main, mais laissa la barre sur la table.

— Même si deux jeunes peuvent avoir des... relations sexuelles... sans pour autant partir en week-end loin de la surveillance d'un adulte.

Maria devait réciter le discours qu'elle avait soigneusement préparé.

— Maman, inutile de me dire ça. Je ne suis pas... Je n'ai pas... La question ne se pose même pas !

— Le plus important pour moi, c'est que tu sois protégée. Nous prendrons rendez-vous chez mon gynécologue, qui te prescrira la pilule. Mais j'espère que tu sais qu'elle ne protège pas du sida ou des autres maladies vénériennes...

— Maman, crois-moi, je ne m'intéresse à aucun garçon... de cette façon-là, insista Maria.

Excepté Michael. Mais il n'y a pas le moindre risque. Il ne se passera jamais rien entre nous.

Pas tant qu'il repensera à Cameron. Pas alors que je deviens dingue, à force de prétendre que je veux bien n'être que son amie...

— Si tu le dis. Alors, je n'ai qu'une chose à ajouter... Attends de rencontrer quelqu'un pour qui tu éprouves des sentiments très forts et qui te le rende bien.

Michael...

C'était lui et personne d'autre.

Le cœur de Maria se serra. Elle allait attendre très longtemps, alors.

Toute ma vie…

— Je te le promets, maman. Mais tu ne penses quand même pas…

Le téléphone sonna.

Maria tendit le bras et décrocha.

— Allô ?

— Je te vois, dit une voix d'homme. Tu es assise dans la cuisine, avec ta mère. Vous avez une petite conversation. Charmant. Dans le salon, ton petit frère joue à un jeu vidéo. Je vois tout ce qui se passe chez vous, chacun de vos mouvements…

Un *clic*, puis la tonalité résonna à l'oreille de Maria.

— Qui était-ce ? demanda sa mère.

— Un faux numéro.

Maria se leva et gagna la fenêtre de la cuisine. Dans le jardin, il ne semblait y avoir personne. Le trottoir d'en face était désert.

Pourtant, Maria sentit une présence suspecte.

Elle ferma les rideaux.

Kyle…, se dit-elle, essayant de se rassurer. *Ça ne peut être que lui.*

Mais même… (Un frisson courut le long de sa colonne vertébrale.) *Qu'arrivera-t-il si, fatigué de rester les bras ballants, il décide de passer à l'action ?*

Alex se glissa dans son lit.

Son lit. Celui dont le matelas avait un creux, au milieu, qui épousait parfaitement les courbes de son corps.

Je suis à la maison ! se répéta-t-il pour la cinquante-deuxième fois de la journée.

Il ne voulait pas dormir – pas tout de suite.

Son cerveau était saturé d'informations.

D'abord son père, qui était un agent du Projet Table Rase…

Puis Trevor, le frère de Michael, qui le mettait si mal à l'aise…

Bizarrement, dès que la tête d'Alex toucha son oreiller rembourré de plumes d'oie, il n'eut aucun mal à trouver le sommeil.

Il glissa dans la somnolence qui y prélude.

Soudain, il tomba.

En chute libre ! La peau du visage plaquée sur les os, les joues tirées en arrière, la lèvre supérieure retroussée vers le nez…

Alex griffa vainement l'air, s'efforçant de se raccrocher à quelque chose, de mettre un terme à sa descente vertigineuse… Il n'y avait rien sinon le vide…

Sa chute infernale s'accéléra encore.

Il sentit la pression augmenter. Sa vessie et son estomac lui parurent lestés de plomb. Chaque battement de son cœur représentait un effort surhumain, chaque inspiration lui brûlait les poumons…

Il était dans un vortex.

Tu es en train de rêver ! Tu es chez toi, dans ton lit !

Mais cette pensée ne réussit pas à l'arracher à son cauchemar.

Quelque chose le tira en arrière. Mais l'autre force antagoniste, celle qui l'attirait vers le bas, ne céda pas.

Tiraillé entre les deux, Alex entendit ses os craquer. Ses muscles protestèrent.

Son estomac se déchira. Un flot de sang chaud gicla en lui. L'instant suivant, une autre déchirure apparut dans son dos.

Il était écartelé !

Et il n'y pouvait rien.

Il cria…

Il se redressa en sursaut… dans son lit.

Son cœur battait si fort qu'il l'entendait. Il se rallongea. Le drap était trempé de sueur.

Avec un peu de chance, il n'avait pas vraiment crié. Sa conversation avec le major avait été cool. Il ne voulait pas que la nouvelle relation entre son père et lui disparaisse parce qu'il s'était réveillé en braillant comme un bébé !

Tu es dans ta chambre. En sécurité. Toujours en un morceau. Ressaisis-toi !

Les battements de son cœur ralentirent.

Mais l'accalmie dura le temps qu'il lui fallut pour s'habituer à l'obscurité. Alors, il s'affola de nouveau.

Il n'était pas seul.

Quelqu'un se tenait dans l'ombre, près de la commode.

Tremblant, Alex sortit une main de sous ses couvertures et tendit un bras sous son lit, cherchant sa batte de base-ball sans quitter des yeux la silhouette immobile.

Quand il eut refermé les doigts sur la poignée en bois lisse, il s'apprêta à bondir.

L'intrus disparut.

Il ne s'était pas enfui par la porte. Ni éclipsé par la fenêtre.

Il avait juste… disparu.

Ça doit être Trevor ! Quand il s'est aperçu que je l'avais repéré, il s'est téléporté loin d'ici.

Alex bondit hors du lit.

Trevor avait-il réussi à lui voler la Pierre de Minuit ?

Il alluma sa lampe de chevet et attrapa le pot de beurre de cacahouètes posé sur sa commode, rempli de billes en verre. Il les éparpilla sur son lit, jurant quand quelques-unes roulèrent sur le sol avec un bruit infernal.

Où est-elle ?

Ses doigts volaient d'une bille à l'autre, à la recherche de la précieuse gemme.

Je l'ai ! Merci, Edgar Allan Poe !

A onze ans, il avait dévoré au moins vingt fois l'œuvre de cet écrivain, relisant chaque roman ou nouvelle. *La Lettre volée* lui avait donné l'idée de « dissimuler » la Pierre de Minuit à la vue de tous.

Mais la prochaine fois, une bonne cachette n'arrêterait pas Trevor. Alex était certain qu'il n'abandonnerait pas. Il reviendrait à la charge.

Et sa batte de base-ball ne servirait à rien contre les pouvoirs de l'extraterrestre.

CHAPITRE VII

— C'est la première et la dernière fête que j'organise de ma vie, dit Michael à Trevor et à Adam. Regardez-moi ça ! Le musée va de nouveau ressembler à une poubelle !

Malgré ses lamentations, il sourit.

Le Musée de l'OVNI était l'endroit parfait pour donner une soirée. Ses camarades de lycée l'ayant compris, ils étaient tous au rendez-vous.

La moitié des pom-pom girls d'Isabel tenait cour dans la cafétéria, au fond. Du côté de l'exposition sur Elvis et le « visage de Mars », des couples dansaient... ou ils tentaient de faire passer leurs flirts pour de la danse.

— Pourquoi est-ce la première ? demanda Trevor.

Il but une gorgée de Lime Warp, fit la grimace et reposa la canette sur la table.

— Michael et moi ne vivons pas ici depuis longtemps, répondit Adam.

Michael eut le sentiment qu'il était jaloux de Trevor. Quoi de plus compréhensible ? Adam le voyait comme son colocataire *et* son grand frère. Et voilà que son *vrai* frère faisait son apparition… puis emménageait avec eux !

— Avant, je passais d'une famille d'accueil à une autre… et aucune n'était l'idéal pour une fiesta entre copains. Ce soir, c'est l'occasion rêvée de s'éclater ! Personne n'est malade ou enfermé dans un complexe secret…

Il flanqua une claque sur l'épaule d'Adam, qui lui fit un de ses sourires de chiot.

— Nul n'est exilé sur une autre planète, ou n'essaie de nous tuer – au moins pas dans l'immédiat. Et…

— Oh, non, non et non ! s'écria Maria en agitant un index. Je refuse d'entendre parler de tuerie ce soir ! C'est la fête d'Alex et de Trevor. Pour accueillir le premier, de retour parmi nous, et pour souhaiter au second la bienvenue sur la Terre.

— Alors, de quoi peut-on parler ? demanda Michael.

— De lapins tout mignons avec de jolies frimousses roses. Les chaussons en forme de lapins tout mignons avec de jolis nez roses sont également acceptables.

Michael sourit.

Il ne savait jamais ce qui allait jaillir des lèvres couleur framboise de Maria…

— Et si on parlait plutôt de ton petit frère, Kevin, qui lorgne sous la jupe de Kieran Scott ?

Maria glapit. Elle voulut se précipiter vers le galopin, mais Michael la retint.

— Je crois que Max a la situation en main, ajouta-t-il.

Il jeta un coup d'œil par-dessus son épaule. Max entraînait Kevin dans le bureau, où Ray avait entreposé une collection de flippers.

— Navrée d'avoir dû l'amener, dit Maria. Ma mère n'a pas trouvé de baby-sitter. Elle viendra le chercher dans une demi-heure.

— Aucun problème, assura Michael.

— Si nous avions grandi ensemble ici, aurais-je dû faire cela avec toi ? demanda Trevor. Te traîner à des soirées où j'aurais préféré que tu ne mettes jamais les pieds ?

Michael avait du mal à imaginer sa vie si Trevor en avait fait partie dès le début. Sans doute aurait-elle été très différente. Ils auraient dû être placés dans des familles adoptives mais *ensemble*.

— Tu n'es guère plus âgé que moi, Trevor, rappela Michael. C'est moi qui aurais été invité à toutes les fêtes cool et qui aurais dû t'y emmener !

— Faux ! riposta Trevor.

— Vrai ! plaisanta Michael.

Maria éclata de rire.

— Vous êtes vraiment frères, pas de doute ! dit-elle.

— Oui, pas de doute, renchérit Trevor. J'ai accordé une attention particulière aux renseignements que les membres de la Fraternité m'ont fournis sur les relations entre enfants d'une même famille. Je voulais être sûr de traiter Michael comme il fallait.

Il flanqua un coup de poing fraternel sur le bras du jeune homme.

— Ça va, comme ça ? Peut-être aurais-je dû te frapper au visage ?

Michael sentit un sourire s'épanouir sur ses lèvres.

Reprends-toi ! Tu dois avoir l'air idiot…

— Mais les informations ne mentionnaient nulle part qu'un individu pouvait s'occuper des petits frères ou sœurs de ses amis, ajouta Trevor.

— Là, je ne te suis plus, dit Michael.

Il vida sa canette de Lime Warp.

— Je veux parler de la manière dont Max a pris Kevin en charge.

Trevor désigna le bureau.

— Tu as raison, ça ne se passe pas toujours ainsi, répondit Maria. Mais les membres de notre groupe sont plus que des simples amis. Nous formons une famille. Ça fait de Kevin le cadet honoraire de Max, en quelque sorte.

— Moi, je le considère comme un petit frère, renchérit Adam.

Pour ce qu'en savait Michael, c'était la deuxième

fois seulement qu'il voyait Kevin. Mais il n'allait pas le lui rappeler alors qu'il faisait tout pour se sentir l'un des leurs.

— D'accord, les gars. Revenons au sujet ultra-important des nez des chaussons-lapins, plaisanta Maria. Adam, de quelle teinte de rose penses-tu qu'ils sont ?

— Dis-moi plutôt ce que tu prends, la taquina Michael. Je veux être sûr de ne jamais y toucher.

Maria le regarda dans les yeux.

— De l'huile de mandarine, c'est très revigorant, répondit-elle, infiniment sérieuse.

— Puis-je en avoir un peu ? demanda Trevor.

— Bien sûr !

Maria ouvrit son sac pour en sortir un flacon en verre. Elle dévissa le bouchon, laissa couler quelques gouttes sur son doigt et fit pénétrer l'huile par massage à la base de la gorge de Trevor.

— Tu aurais pu te contenter de lui passer la bouteille, grommela Michael.

Il voulait que Trevor expérimente tout ce qu'il y avait de mieux sur Terre… Mais pas la sensation des mains de Maria sur la peau !

— C'est mieux si on la fait pénétrer, expliqua la jeune fille.

— Moi, je trouve ça très agréable, dit Trevor.

Quand Maria fit mine de retirer sa main, il la retint et elle ne se fit pas prier pour continuer ses « soins ».

Michael s'empourpra. Trevor avait-il flashé sur Maria ? A quel genre d'informations sur le « comportement humain » avait-il eu accès ?

— Moi aussi, répondit Maria. Sais-tu que les cookies allégés en graisse sont aussi bons que les autres ?

Maria avait-elle flashé sur Trevor ? L'huile avait pénétré depuis longtemps et elle ne retirait toujours pas sa main !

Michael étudia son amie. L'aura saphir de Maria brillait, des éclairs d'argent zébrant le bleu soyeux.

Maria en train de flirter avec son frère… ? C'était fort possible.

Il lui jeta un autre coup d'œil.

Oui, elle est bien en train de flirter…

— Je n'ai pas encore mangé de cookie allégé, dit Trevor.

— Ne l'écoute pas, intervint Michael. Elle n'y connaît rien en cookies, allégés ou non. Elle n'en mange pas !

— Je pourrais m'y mettre, fit Maria, sans quitter Trevor des yeux.

Pourtant, Michael eut l'impression qu'elle venait de lui faire une œillade.

Que veut-elle ? Me rendre dingue ?

— Alors, Trevor, que… ? commença Maria.

Les lumières clignotèrent et les fêtards lâchèrent un « *Ooooh !* » enthousiaste.

— Tenez-vous prêts à entrer en piste ! cria une voix.

— Oh, non, pas question, marmonna Michael.

Il fit un pas en direction du type qui s'occupait de la sono. Maria le retint par un coude.

— Allez, Michael ! Il faut absolument que Trevor et Adam se fassent une opinion sur cette danse !

Michael grogna. Il connaissait assez Maria pour savoir qu'elle ne lui ficherait pas la paix tant qu'elle n'aurait pas obtenu ce qu'elle voulait.

— Je parie qu'il n'y avait rien sur la danse du canard dans les informations qu'on t'a données, pas vrai, Trevor ?

La musique débuta.

Trevor hocha la tête, regardant autour de lui. Les danseurs se mettaient en file.

— Danse du canard, charleston, twist, disco, hip-hop… tout, répondit-il.

— Tu sais danser le twist ? s'exclama Maria. J'ai toujours eu envie d'apprendre !

— Un garde du complexe m'a appris la danse du canard ! cria presque Adam.

A l'évidence, il se sentait largué.

— Eh bien, apprenez que Roswell a une version très personnelle de la danse du canard. Nous l'appelons la « danse de l'extraterrestre », expliqua Michael. D'ailleurs, j'ai peur que vous ne tardiez pas à la découvrir…

— Il n'y a aucune raison d'avoir peur ! assura Maria.

— Sauf d'avoir l'air d'un parfait idiot ! riposta Michael.

— Il vous suffit de poser les mains sur la taille de la personne qui vous précède…

Pour illustrer son propos, Maria se plaça derrière Michael, assez près pour que ses seins lui effleurent le dos.

Michael ne trouva plus la « danse de l'extraterrestre » si horrible. C'était sur lui, pas sur Trevor, que Maria avait choisi de faire sa démonstration…

— Ensuite, vous pliez les genoux vers l'extérieur, continua Michael.

— C'est une soirée extra ! cria Maggie McMahon en passant devant lui.

Elle était évidemment suivie de son petit ami, habillé comme sa cavalière, version masculine.

Pathétique…

— Quel autre genre de soirée pourrais-je donner ? répondit Michael.

— Que fait-on après avoir plié les genoux ? demanda Adam.

— Vous savez quoi ? Ce sera plus facile si vous regardez les autres pour imiter leurs mouvements.

Michael attrapa Adam par les pans de sa chemise et le tira devant lui.

— Adam, tu t'accroches à Trevor !

Avant que celui-ci n'ait l'idée de s'accrocher à Maria…

Adam obéit, glissant les doigts dans les passants du jean de Trevor.

— Et maintenant ?

— Maintenant ? Nous dansons la danse de l'extraterrestre, bien sûr ! gloussa Maria.

Assise en haut de l'escalier en colimaçon qui menait à l'appartement privé, Isabel regardait les gens se trémousser. La fête battait son plein.

La jeune fille aimait regarder son petit groupe au complet. Ou presque… Il manquait Liz, interdite de sortie par son père jusqu'à nouvel ordre. Autant dire qu'elle était prisonnière dans sa propre maison !

Les voir tous réunis lui procurait un sentiment de sécurité à nul autre pareil. Elle en avait terriblement besoin, car elle en avait manqué une bonne partie de sa vie.

Elle les examinait tour à tour. Michael et Trevor saupoudraient de sucre les parts de pizza prises sur un plateau, et les engloutissaient joyeusement. Allongé par terre, non loin de la sono, Adam gardait la tête à proximité d'un haut-parleur. Près de la vitrine, Maria glissa quelque chose à Max, qui partit d'un grand éclat de rire. Alex se fit harponner par Stacey Scheinin, à l'entrée de la cafétéria.

Une minute… Quoi ?

— Oh-oh… Si tu crois que je vais te laisser faire, Stacey, murmura Isabel.

Elle bondit et dévala l'escalier. Elle s'approcha d'Alex et de sa rivale d'une démarche nonchalante.

Elle comprenait pourquoi le « radar à garçons » de Stacey l'avait conduite vers Alex.

Depuis qu'il était revenu sur Terre, Alex avait changé. On aurait dit qu'il sécrétait une double dose de phéromones, ces machins censés provoquer l'attirance sexuelle.

Toutes les filles le dévoraient des yeux.

Ça ne dérangeait nullement Isabel. Elle trouvait cela très bien pour lui. Sincèrement.

Mais Stacey n'enfoncerait pas ses ongles au vernis « rose princesse » dans son ex-petit ami ! Pas question. Après toutes les choses ignobles qu'elle avait dites sur Alex quand Isabel et lui sortaient ensemble…

— Désolée, Stacey, je t'emprunte Alex une minute, fit Isabel d'un ton suave.

Elle prit le jeune homme par la main et l'entraîna sur la piste de danse improvisée – les sept amis avaient repoussé quelques vitrines contre le mur pour dégager de l'espace.

— Isabel, dit-il, tu devrais le savoir : quand une fille rompt avec un garçon, elle n'est pas censée jouer les petites amies jalouses dès qu'elle le voit bavarder avec une autre.

Mais il n'avait pas l'air fâché. Un slow commença ; il l'attira dans ses bras.

— Je sais.

Isabel ne prit pas la peine de lui rappeler qu'il pouvait avoir beaucoup mieux que Stacey. Elle n'avait pas envie de parler...

Elle posa la tête sur l'épaule de son partenaire, s'abandonnant à la délicieuse certitude qu'il était bien là, de nouveau parmi eux. Avait-elle jamais connu des instants plus exaltants que ceux-là ?

— Que penses-tu de Trevor ? demanda Alex à brûle-pourpoint.

— Je suis très heureuse pour Michael.

— Ce n'est pas ce que je te demande.

Isabel leva la tête, croisant son regard. Il avait les mâchoires serrées. Ses yeux verts brillaient... de défi.

Allait-il se montrer jaloux, maintenant ? Après la leçon qu'il venait de lui donner ? C'était sa première sortie depuis son retour. Elle ne voulait pas lui mettre les points sur les « i ». Aurait-elle à lui sortir le couplet : « Tu sais, nous devrons nous habituer à nous voir avec d'autres gens, même si ça nous fait bizarre, au début » ?

— Et toi, que penses-tu de Trevor ? demanda-t-elle.

— Aucun de nous ne le connaît vraiment. Voilà mon avis. Tant que nous n'en saurons pas plus, nous aurions peut-être tout intérêt à nous montrer… prudents.

Ah, c'est bien ça : un cas classique de jalousie.

Mais elle ne le lui ferait pas remarquer. Elle ne voulait pas gâcher la soirée.

Isabel se blottit contre Alex, posant sa joue sur son épaule.

— … Prudents…, répéta-t-elle. C'est logique.

A son grand soulagement, Alex n'ajouta rien. Ils se contentèrent de danser.

La chanson finie, Isabel garda son partenaire enlacé. Il la serra contre lui, le visage enfoui dans son cou. Puis il se dégagea doucement.

— Merci pour cette danse, dit-il.

Ses yeux verts étaient chaleureux.

Isabel eut le sentiment qu'il la remerciait pour bien davantage qu'une simple danse. Evoquait-il l'époque horrible *et* merveilleuse où ils avaient formé un couple ?

Elle lui caressa une joue.

— Merci à *toi*, souffla-t-elle.

Ils se dévisagèrent encore un long moment, conscients qu'ils s'étaient tout dit. Leur histoire prenait fin. La vie continuait…

Isabel fit un dernier sourire à Alex puis tourna les talons et fendit la foule, retournant vers son perchoir, en haut de l'escalier.

Elle changea d'avis en cours de route, car elle

n'avait plus envie de regarder les autres s'amuser. Elle ne voulait plus seulement se sentir en sécurité.

Elle était Isabel Evans ! Ça impliquait un certain nombre de responsabilités. Par exemple, montrer à quel point elle était fabuleuse, ce soir. Après tout, elle n'avait pas mis sa robe rose moulante pour que personne ne la remarque !

Tish Okabe lui fit signe, à l'autre bout de la salle. Isabel voulut rejoindre son amie. Mais une main se posa sur son épaule. Jetant un coup d'œil en arrière, elle découvrit Trevor.

— Veux-tu danser avec moi ? demanda-t-il.

— Bien sûr. Tu devrais savoir que toutes les filles de la soirée rêvent d'une chose : que tu les invites à danser. Ton adaptation terrienne est terriblement… miam-miam !

— Miam-miam ? répéta le jeune homme.

— Oui : « Il faut absolument que j'y goûte », le taquina Isabel.

Elle glissa les bras autour du cou de son cavalier. Non sans hésiter, Trevor lui posa les mains sur la taille.

La sensation lui rappela Michael. Mais les mains de Trevor, et ses yeux… Ils détenaient sur elle un pouvoir que ceux de Michael n'avaient jamais eu.

Entre les bras de Trevor, sous son regard, la jeune fille eut l'impression de fondre.

— Vous savez, n'est-ce pas, que c'est une chanson au rythme rapide ?

C'était Maria qui venait de parler.

Elle avait entraîné Adam sur la piste.

Elle a raison, pensa Isabel, sursautant presque.

Quand elle regardait Trevor, tout semblait soudain se mettre au ralenti. Elle le lâcha à contrecœur et s'efforça de suivre le tempo de la musique.

— Je ne disais pas ça pour que vous arrêtiez, vous savez, ajouta Maria.

Isabel se tourna vers son amie ; les deux jeunes filles dansèrent face à face, ignorant les garçons.

— Aucun problème, répondit Isabel.

Elle était presque soulagée de ne plus sentir sur elle les mains de Trevor. Ce qu'elle avait éprouvé à leur contact était trop intense.

Alex avait peut-être eu raison de la mettre en garde contre Trevor. S'il s'approchait trop près, il la ferait fondre.

A-t-il ressenti la même chose à mon contact ?

Isabel secoua la tête, s'avisant qu'elle ne se s'était jamais posé ce genre de question.

— Quoi ? demanda Maria.

— Rien !

Quelqu'un lui prit la main et la fit se tourner.

— Je dansais avec Maria, je te signale ! protesta Isabel en découvrant Michael, le trouble-fête.

— Maintenant, tu danses avec moi, répliqua-t-il avec un haussement d'épaules.

— Alors, je me contenterai d'Alex, dit Maria.

Elle fit signe au jeune homme de la rejoindre.

Isabel surprit le regard sombre qu'Alex jeta à Trevor. Ce dernier s'en aperçut et le lui retourna.

Pas ce soir, les garçons ! pensa-t-elle.

— Je t'ai vue faire les yeux doux à mon frère, dit Michael.

Isabel entendit la fierté qui faisait vibrer sa voix chaque fois qu'il prononçait ces mots : « mon frère ».

— Ah, oui ? Et alors ?

Mais elle détestait l'idée de s'être montrée si peu subtile. La transparence n'était pas son style.

— C'est un excellent substitut si on ne peut pas avoir l'original, autrement dit : moi !

Il la renversa dans ses bras et les cheveux blonds de la jeune fille balayèrent la piste.

Isabel leva les yeux et vit Adam les regarder en riant. Elle se redressa, accrochée au bras de son cavalier, se tourna vers Adam, l'attrapa par une épaule et par un bras et le fit plonger à son tour.

Ils auraient perdu l'équilibre sans l'aide de Trevor et de Michael, qui vinrent aussitôt à la rescousse.

C'est ainsi que ça devrait toujours être, se dit-elle. *Nous tous, ensemble.*

Puis elle s'aperçut qu'il manquait quelqu'un et sonda la foule.

Où était encore passé Max ?

— Allez, Max, viens danser avec nous ! lança Isabel.

— Dans une minute, dit-il. J'ai promis à Liz de l'appeler pendant la soirée, pour lui raconter ce qui s'y passe.

— N'oublie pas de lui répéter qu'elle nous manque ! cria Maria.

Max hocha la tête, puis se fraya un chemin vers l'escalier en colimaçon, montant les marches quatre à quatre.

Evidemment, l'appartement n'était pas vide. Dans le salon, un couple enlacé s'embrassait sur le matelas pneumatique d'Adam.

Il ignora les amoureux, trop occupés pour épier sa conversation. Il aurait pu jeter une grenade dans la pièce sans qu'ils tressaillent.

Max s'approcha du téléphone de la cuisine… et marqua une pause. Il avait senti une onde d'intérêt venir de la conscience collective. Il approfondit la connexion. Certains êtres vibraient au rythme de la musique qui montait du musée. Leur plaisir était palpable.

Le jeune homme s'assit dos au mur, tête à la renverse. Il se laissa emporter dans une connexion toujours plus profonde.

— Max, j'ai besoin de te parler, dit Alex.

La voix de son ami, venue de très loin, était presque inaudible.

— Tout de suite ! insista Alex.

A contrecœur, Max sortit de sa transe.

Il s'aperçut que la chanson n'était plus la même. Quant au couple qui s'ébattait sur le matelas pneumatique, il avait disparu.

— Depuis combien de temps suis-je là ?

— Presque une heure, répondit Alex. (Il s'assit à côté de son ami.) Je dois absolument te parler. J'aurais dû le faire plus tôt – dès mon retour, en fait –, mais j'ai voulu m'assurer de certaines choses… C'était stupide.

Max se raidit en voyant que l'aura d'Alex était piquetée de taches grisâtres.

— Que se passe-t-il ? Dois-je demander aux autres de monter nous rejoindre ?

Alex secoua la tête.

— Non. J'attendais de pouvoir te parler seul à seul.

Il sortit de sa poche une petite pierre opalescente, aux lueurs bleu-vert.

Max frissonna. Une explosion de joie retentit au sein de la conscience collective.

— C'est une des Pierres de Minuit, murmura-t-il.

— Oui. Grâce à elle, j'ai pu revenir sur la Terre.

Alex hésita, refermant le poing sur la pierre brillante, puis continua à toute vitesse :

— Je doute que Trevor soit venu ici pour des raisons de famille. Je crois qu'il est là à cause de la

Pierre de Minuit. Et il n'aurait pas hésité à me tuer pour s'en emparer.

La première pensée de Max fut pour son ami de toujours. Si Alex disait vrai, Michael serait anéanti…

— Attends… Qu'est-ce qui te fait penser que c'était Trevor ? Après tout, tu n'as pas *vu* ce qui te poursuivait, n'est-ce pas ? Il pourrait s'agir d'un tiers, qui se serait aussi glissé dans le vortex.

Alex soupira.

— Tu as raison. C'est possible.

Les taches grises qui dansaient dans son aura grossirent.

— Avec Trevor, c'est plus fort que moi, j'ai peur. Je me sens idiot de te l'avouer, mais c'est la vérité. Une réaction physique, comme si mon corps recevait des messages subliminaux – et clairs comme de l'eau de roche : c'est la présence qui a essayé de me tuer, la nuit de mon retour.

Alex flippe en parlant de Trevor, pensa Max.

Or, Alex ne flippait pas pour rien.

— Je me suis dit que tu pourrais peut-être obtenir des informations sur Trevor, via la conscience collective, continua Alex.

— Je peux essayer… C'est moins simple que de taper son nom sur Internet pour avoir sa bio. Mais je devrais pouvoir tirer quelque chose de la conscience collective. Je préfère ne pas aborder ce sujet avec Michael avant de…

— C'est une des raisons qui m'ont poussé à te parler seul à seul, coupa Alex. L'autre, la voilà.

Il posa la Pierre de Minuit au creux de la paume de Max qui capta aussitôt son pouvoir, sous la surface lisse.

— Elle sera plus en sécurité avec toi.

— Très bien. Donne-moi une minute.

Max ferma les yeux et se connecta à la conscience collective… Puis il forma une image de Trevor et la projeta sur la crête d'une vague, espérant qu'elle traverserait l'océan de bout en bout.

Les auras qui l'entouraient commencèrent à vibrer. Leurs couleurs changèrent et lui brûlèrent les yeux.

Par bonheur, le phénomène prit rapidement fin.

Toutes les auras avaient la même couleur : le rouge.

Celui de la fureur.

Max ignorait ce qui se passait, mais la colère n'était pas dirigée contre lui.

Trevor en était l'objet.

La conscience collective le considérait comme un danger pour lui.

Et pour tous les autres.

CHAPITRE VIII

— Je vois que vous passez un samedi soir d'enfer ! lâcha le type d'une vingtaine d'années assis derrière la caisse de la supérette de quartier.

Il fourra la bouteille d'extrait de vanille dans un sac en papier brun, prit l'argent que lui tendait Liz et lui rendit la monnaie.

Génial ! Tu sais que tu as atteint le fond quand un vendeur te dit à quel point il te trouve pathétique…

— Un ami organise une soirée au Musée de l'OVNI, mentit-elle.

Le type lui fit un petit sourire compatissant.

Liz se sentit rougir.

Elle n'aurait pas cru pouvoir s'enfoncer davantage. Erreur… C'était possible… En voulant convaincre le caissier qu'elle avait une vie sociale et en échouant lamentablement.

— Merci, marmonna-t-elle.

Elle prit son sac et sortit.

Dès que le type ne put plus la voir, elle ralentit le pas. Elle n'avait pas hâte de rentrer.

Max aura-t-il appelé pendant que j'étais sortie ?

Son coup de fil aurait dû arriver des heures plus tôt. Ça ne l'aurait pas tué de s'isoler quelques minutes pour lui parler !

Liz avait pénétré dans la zone « apitoiement sur soi-même »... Elle s'en fichait. Elle déménagerait – planterait une tente dans un coin... Après tout, sa vie ne s'améliorerait pas de sitôt.

Elle tourna dans sa rue.

Quand elle vit la lumière du porche allumée, elle essaya de se rappeler si elle l'avait laissée en partant.

Il ne me semble pas...

Alors qu'elle traversait la rue, la porte s'ouvrit en grand. C'était son père. Le regard noir, il franchit le seuil et laissa le battant se refermer derrière lui.

Il croisa les bras, voilant les ours en peluche de son T-shirt.

— Je croyais avoir été clair, tu ne dois quitter la maison sous aucun prétexte ! lança-t-il avant qu'elle n'ait atteint le perron.

Liz approcha et lui fourra dans les mains la bouteille d'extrait de vanille.

— J'étais sortie acheter de la drogue !

Elle n'avait jamais osé parler ainsi, mais elle fut incapable de se retenir. Et elle s'en félicita. Son père jeta un coup d'œil à la vanille sans que son expression s'adoucisse.

— Ça n'a rien de drôle !

— Tu sais ce qui ne l'est pas ? demanda Liz. C'est que tu n'aies pas assez confiance en moi pour me laisser sortir seule.

La porte d'entrée se rouvrit sur Mme Ortecho.

— J'ai demandé à Liz d'aller faire une course pour moi. J'avais oublié qu'il ne me restait plus assez d'extrait de vanille pour mon gâteau et je dois le livrer à la première heure demain.

M. Ortecho fit volte-face.

— Tu sais que je ne veux pas que Liz quitte la maison, à part pour aller en cours ou au travail ou à condition que l'un de nous deux l'accompagne !

— Tout ce que j'ai fait, c'est…, commença Liz, furieuse.

— Quitte à en discuter, rentrons ! coupa Mme Ortecho. A moins que vous ne vouliez faire un sondage sur la question auprès du voisinage… ?

Brossant distraitement la farine qui maculait son tablier, elle rentra la première.

— Je suis d'accord avec toi. Liz doit être punie après nous avoir menti au sujet de son week-end à Carlsbad, continua-t-elle, la porte refermée.

— Bien sûr qu'elle doit l'être !

Mme Ortecho fit signe à son mari de se calmer.

Tu n'y arriveras pas comme ça, maman, pensa

Liz. *Il n'y a aucun moyen de régler la situation sans confrontation ni cri.*

— Mais en l'empêchant d'aller seule à la bibliothèque, au supermarché ou même se promener, tu te montres excessif, ajouta Mme Ortecho.

— Excessif ? répéta son époux. J'essaie de sauver notre enfant et tu me traites d'excessif ?

La mère de Liz laissa échapper un petit cri étouffé. Elle quitta la pièce en courant.

Quand Liz entendit la porte de la chambre claquer, quelque chose en elle se déchira.

C'était la première fois que l'un d'eux faisait allusion à la mort de Rosa…

— Je veux que vous m'écoutiez attentivement, annonça Liz d'une voix qui ne tremblait pas.

Sa mère ne rouvrit pas la chambre, mais elle devina qu'elle tendait l'oreille.

Elle prononça alors des mots qu'elle n'aurait jamais cru dire un jour à ses parents.

Des mots qui la rongeaient de l'intérieur, comme de l'acide, depuis des années.

— Je ne suis pas Rosa.

— Et voilà. Tout le monde est parti. Il ne reste plus que nous, annonça Michael.

Il ferma à clé le musée.

— Et maintenant ? demanda Maria. Devons-nous nous transformer en service de nettoyage ?

Elle désigna les canettes de soda et les cartons

de pizzas qui jonchaient le sol ou « ornaient » tout ce qui pouvait servir de support.

— Il y a d'abord quelque chose dont nous devons débattre, coupa Max.

— Que se passe-t-il ? demanda Michael.

Comment l'état de Max avait-il pu lui échapper ? Un coup d'œil à son aura suffisait pour constater qu'il était bouleversé.

— Voilà ce qui se passe… Alex a senti quelqu'un le suivre dans le vortex. Avec l'intention de le tuer.

— Mais il avait tort, dit Maria. C'était Trevor.

Des éclairs argentés moururent dans l'aura bleu saphir de la jeune fille.

— Alex et moi avons pensé qu'il pouvait s'agir d'une troisième personne. Il m'a donc demandé de me renseigner auprès de la conscience collective.

Michael serra les dents. Son instinct lui soufflait que la suite n'allait pas lui plaire.

— J'ai demandé des informations sur Trevor parce que je ne savais pas par où commencer…

Il mit les mains dans ses poches et regarda ses amis, évitant soigneusement de soutenir leurs regards.

— Tu as fait *quoi* ? s'indigna Michael.

C'était exactement ce qu'il redoutait d'entendre.

Michael jeta un coup d'œil à son frère. Trevor était impassible, son aura lisse et calme.

— La réponse que j'ai reçue…, continua Max.

130

— Je ne veux pas en entendre davantage !
coupa Michael. S'il y a une chose que Trevor veut
que nous sachions à son sujet, il est assez grand
pour nous en faire part lui-même !

Il regarda Maria, Isabel, Adam et Alex, cherchant un soutien parmi ses plus proches amis. Au
sein de sa *famille*.

— En temps normal, je serais d'accord avec toi,
répondit Alex. Mais pas cette fois. Nos vies pour-
raient être en danger. Voilà pourquoi j'ai demandé
à Max de se renseigner sur Trevor.

Michael eut soudain envie de taper sur quelque
chose… ou quelqu'un. Il avait besoin de se défou-
ler… jusqu'à l'épuisement. Alors il ne ressentirait
plus rien.

— Je n'en crois pas mes oreilles, lâcha-t-il.
C'est de mon frère que vous parlez !

— Je le sais, Michael, mais nous ne le connais-
sons pas vraiment, objecta Max.

— Max n'a pas tort, intervint Maria. Nous ne
savons presque rien de Trevor.

Michael s'avisa qu'elle avait reculé, mettant une
certaine distance entre Trevor et elle. Il vit des fila-
ments jaunâtres traverser son aura.

Elle avait peur.

— Pour quelle raison Trevor aurait-il voulu te
tuer, Alex ? demanda Isabel.

Elle n'avait pas posé sa question sur un ton éloquent : « *Je te mets au défi de prouver que Trevor*

nourrit de mauvaises intentions. » Ni sur un ton laissant supposer qu'elle prenait sa défense. On aurait plutôt dit qu'elle comptait rester neutre jusqu'à ce qu'elle ait obtenu assez d'éléments pour se forger une opinion.

Aux yeux de Michael, cette neutralité de bon aloi revenait à se ranger contre son frère. Donc, contre lui. Etait-il le seul à voir que Trevor n'avait rien d'un criminel ?

Tout ça était dingue !

Michael se campa à côté de Trevor. Histoire qu'il sache que lui resterait à ses côtés, quoi qu'il advienne !

Une chose l'ennuyait : il ignorait ce que pensait Trevor. Et il n'avait pas dit un mot pour sa défense.

— Montre-leur, Max, dit Alex.

Max tira de sa poche une petite pierre translucide. Elle émettait une lueur bleu-vert, pulsant à l'instar d'un cœur.

Les traits de son ami furent comme transformés par la lumière… Michael eut l'impression d'être face à un étranger.

— Une pierre ? souffla Isabel, incrédule.

— Qu'est-ce que ça prouve ? demanda Michael.

Alex regarda Trevor.

— Tu ne vas pas prétendre que tu ne sais pas ce que c'est !

— Bien sûr que non. N'importe qui, sur ma planète, pourrait te le dire. C'est une des Pierres de Minuit.

Il tendit une main, mais se ravisa.

— Du pouvoir à l'état brut…, dit Isabel. Je sais qu'on peut tuer pour ça.

Son ton restait neutre, comme si elle parlait de la pluie et du beau temps.

Michael eut envie de la prendre par les épaules et de la secouer.

— La nuit dernière, quelqu'un est venu dans ma chambre, révéla Alex. J'ignore qui c'était, car je n'ai pas vu son visage. Mais l'individu dont je parle s'est téléporté. Voilà qui réduit considérablement le nombre de suspects. Qu'en penses-tu, Michael ?

A mots couverts, il suppliait son ami de comprendre que cela n'avait rien de… personnel.

Michael détourna les yeux. L'expression d'Alex allait lui faire péter les plombs !

— Max, tu devrais nous répéter ce que la conscience collective t'a révélé au sujet de Trevor, dit Maria.

Elle eut un regard d'excuse pour Michael.

Oh, elle aussi est navrée ?

Parce qu'ils étaient *désolés*, cela justifiait leur chasse aux sorcières ? Puisqu'ils se sentaient gênés, il n'y avait pas de mal à accuser Trevor, son propre *frère*, de tous les crimes ?

— Tu sais, par mesure de précaution…, ajouta la jeune fille.

Elle se baissa pour ramasser une canette vide.

— Vous seriez tous plus à l'aise si je n'étais pas là, dit soudain Trevor.

Il tourna les talons et se dirigea vers la porte.

— Je viens avec toi ! cria Michael.

Max le retint par un bras.

Michael se dégagea d'un geste si brusque qu'il percuta la vitrine, derrière lui.

— Je n'arrive pas à croire que vous ayez fait ça. Tous…

Il ne finit pas sa phrase. Il n'existait pas de mots pour décrire ce qu'il ressentait en cet instant.

Ses amis – sa *famille* – l'avaient trahi.

— Nous ne prétendons pas que Trevor a fait quelque chose de mal, dit Maria. Mais nous avons besoin d'en savoir plus.

Elle parlait à Michael comme s'il était un animal sauvage qu'il fallait apaiser pour qu'il rentre dans sa cage.

— Non !

Le jeune homme abattit son poing sur la vitrine, dont le couvercle vola en éclats. Des bouts de verre s'enfoncèrent dans sa chair.

— Non !

Il replia les doigts sur sa paume, y enfonçant les éclats et accueillant la douleur comme une amie.

— Laisse-moi te guérir, proposa Max.

Sur le ton qu'avait employé Maria.

— Fiche-moi la paix ! Je n'attends rien de toi !

Michael n'aurait jamais cru en arriver là avec Max. Son ami, son frère, qui avait toujours été là pour lui.

Mais Michael pensait ce qu'il disait.

S'il fallait faire un choix, le sien était fait.

Comme Trevor, il tourna les talons et se dirigea vers la porte.

— Ne fais pas ça ! lança Max. La conscience collective affirme que Trevor est dangereux. Il pourrait se retourner contre toi.

Michael lui jeta un regard par-dessus son épaule.

— Je constate que tu n'as pas encore compris. C'est mon *frère*.

Il sortit dans la nuit.

Trevor était déjà à un pâté de maisons du Musée de l'OVNI.

Michael le rattrapa.

Adam balayait.

Le musée était désert. Que ferait-il après avoir nettoyé ?

Devait-il se lancer à la recherche de Michael ? Son ami était parti depuis plus de trois heures.

Adam saisit la pelle, dont il avait passé le manche sous la ceinture de son jean, puis se baissa pour pousser le tas de détritus collecté.

Je n'ai capté aucune peur ni douleur venant de Michael, pensa-t-il. *Ni de Trevor, d'ailleurs*.

Il vida la pelle dans la poubelle.

Ça doit vouloir dire qu'ils vont bien.

Adam étudia la salle, espérant la retrouver en désordre. Il détestait rester inactif quand il était nerveux.

Ses yeux se posèrent sur la vitrine et... il tressaillit. Il éprouva une drôle de sensation... Un picotement, à la base de la nuque, descendit le long de sa colonne vertébrale, jusqu'au creux de ses reins.

Parfois, les fenêtres lui donnaient encore la chair de poule. Elles semblaient ouvrir sur un vide immense... Il porta la main à sa poche et effleura ses lunettes de soleil. Liz lui en avait fait cadeau à sa sortie du complexe. Elles le protégeaient de la lumière et des couleurs, trop agressives pour une personne qui avait passé sa vie sous terre.

Mais il ne détestait pas toujours être ébloui.

Il rangea le balai et la pelle dans le placard, derrière le comptoir.

Il n'arrivait pas à chasser l'impression qu'il aurait dû réagir... Mais comment ? Aller chez Max et Isabel ? A eux trois, ils réussiraient peut-être à trouver une solution acceptable par tous.

Adam se décida. C'était mieux que de monter s'asseoir sur son matelas...

Il se précipita vers l'entrée... et s'aperçut qu'il y avait quelqu'un.

Et pas n'importe qui.

Liz.

Adam lutta contre la serrure pour ouvrir à la

jeune fille. Le cœur serré, il vit ses yeux rouges un peu gonflés, les taches écarlates qui maculaient son aura, obscurcie par un filet violet, signe d'un profond désarroi.

— Je suppose que tu sais ce qui s'est passé avec Michael et Trevor, dit-il.

Liz laissa tomber son sac.

— Crois-tu que je pourrais rester quelques jours avec vous ? J'irais bien chez Maria, mais mon père me retrouverait et me ramènerait à la maison.

Sa venue n'avait rien à voir avec Michael et Trevor…

— Bien sûr, répondit Adam. Tu peux rester aussi longtemps que tu voudras. Mais que se passe-t-il ?

— Je me suis disputée avec mon père. Enfin, quand je dis une dispute… c'est un euphémisme.

Sa voix se brisa. Des larmes roulèrent sur ses joues.

— J'ignore s'il acceptera de me reparler un jour. Et je ne sais pas si je pourrai jamais rentrer chez moi…

Adam se demanda ce qu'il était supposé faire, ou censé dire dans une pareille situation.

Un garçon qui n'aurait pas vécu dans un complexe souterrain ne se serait jamais posé ces questions. Il aurait su d'instinct la réconforter.

Il fit un pas hésitant vers la jeune fille, qui se jeta dans ses bras.

— Tout va bien, murmura-t-il.

Il se sentait impuissant. Et inutile.

— Tout s'arrangera, tu verras.

Elle secoua la tête, le visage toujours niché au creux de son épaule. Ses longs cheveux se détachèrent et cascadèrent dans son dos.

Adam y laissa glisser ses doigts.

— Je t'assure que tout s'arrangera, répéta-t-il d'un ton plus convaincu.

Il s'efforçait de faire abstraction du corps de Liz, blotti contre le sien. Ça n'était pas le moment. Mais sa peau s'embrasait.

Adam la désirait au point qu'il avait peine à respirer. Ses mains avaient envie d'explorer les courbes de la jeune fille, de sentir sa peau…

Adam maîtrisa ses pulsions, continuant de caresser les cheveux soyeux de Liz.

Il se rappela… Enfant, il avait fait un cauchemar. Un garde, une femme, était entrée dans sa cellule, s'asseyant sur son lit. Elle lui avait caressé les cheveux jusqu'à ce qu'il se rendorme.

C'était de ça dont Liz avait besoin. De chaleur et de compassion, pas d'une étreinte passionnée.

Peu à peu, les sanglots de la jeune fille s'apaisèrent.

Liz releva la tête.

— Je suis navrée, dit-elle sans le regarder.

Elle frotta la grosse auréole humide qui maculait le T-shirt. Adam frissonna.

— Désolée de m'être effondrée ainsi…

Il prit la main de la jeune fille pour l'empêcher de continuer à le torturer.

— Ne t'inquiète pas.

Il voulut la lâcher, mais elle mêla ses doigts aux siens.

Adam s'émerveilla de ce contact.

— Tu es si doux, murmura Liz en osant enfin le regarder en face.

Ils avaient presque la même taille… Ses yeux marron se situaient au niveau des prunelles vertes du jeune homme. Elle se pencha et l'embrassa au coin de la bouche.

Adam n'eut pas le temps de réagir ; elle s'était déjà écartée. Son premier baiser… et il s'achevait avant même de commencer !

— Toi aussi, tu es douce.

Mais ce mot, appliqué à Liz, n'avait plus le même sens.

Les yeux d'Adam se posèrent sur les magnifiques lèvres de Liz.

Michael dit que deux amis peuvent s'embrasser, pensa-t-il.

Il se rapprocha de Liz… Ses lèvres s'arrêtèrent tout près de celles de la jeune fille, qui ne recula pas. Alors, il l'embrassa. Ce baiser dura quelques secondes de plus que celui qu'elle lui avait donné.

Loin de s'écarter, Liz posa une main sur sa nuque, pour le retenir.

On dirait que toutes mes molécules… dansent, pensa Adam.

Il sentit la langue de Liz s'insinuer entre ses lèvres. Il venait d'être propulsé dans un univers de sensations pures – brûlantes et terriblement douces.

Liz.

Elle glissa les mains sous son T-shirt, faisant courir ses paumes le long de son dos nu.

Il écarta ses longs cheveux bruns et effleura la peau soyeuse de sa nuque. Quand il la sentit frissonner sous sa caresse, il s'émerveilla.

Liz frissonne à cause de moi !

Adam s'écarta à contrecœur. Il avait envie de la caresser encore et encore.

Du bout de la langue, il suivit le contour de sa mâchoire inférieure. Puis il descendit le long de sa gorge et l'embrassa longuement.

Liz frissonna de nouveau avant de s'écarter.

— Nous ne pouvons pas… Il faut arrêter.

Adam retrouva peu à peu ses esprits.

— Pourquoi ?

Son corps réclamait le contact de celui de la jeune fille.

— Max, répondit simplement Liz.

Ce nom eut sur Adam l'effet d'une douche glacée.

— Tu as raison. Max…

140

— Avant, quand les choses devenaient trop compliquées avec ma famille d'accueil, je passais beaucoup de temps ici, expliqua Michael à Trevor. Nos capsules d'incubation sont restées dans cette grotte jusqu'à ce que le temps soit venu pour nous d'en sortir. Il y a un sac de couchage, là-bas… (Il désigna le fond de la grotte.) Oh, et il y a de la vaisselle et des boîtes de conserve par là, sur la niche que j'ai creusée.

— Merci, répondit Trevor.

Il alla au fond de la grotte et se laissa tomber sur le sac de couchage.

Michael s'assit à côté de lui, adossé à la paroi.

Et si Trevor était vraiment dangereux ?

Cette pensée lui traversa l'esprit si vite qu'il n'eut pas le temps de l'étouffer. Il jeta un regard en coin à son frère. Il espérait qu'il n'avait rien perçu de ses doutes ni détecté de trace de méfiance dans son aura.

— Désolé pour ce qui s'est passé au musée, Trevor.

Pendant le trajet en voiture jusqu'à la grotte, ils n'avaient pas parlé de la confrontation. Ils s'étaient contentés d'écouter la radio et d'agir comme si tout était normal.

— Je suppose que j'aurais dû dire quelque chose pour ma défense, admit Trevor. Mais j'étais trop sonné pour ça. Personne ne m'avait traité de meurtrier…

— Tu ne sors pas assez ! plaisanta Michael.

Ou du moins, il essaya. Ça arrivait souvent avec Trevor, ces trucs qui sonnaient mieux dans sa tête qu'à voix haute…

— Je comprends que les humains puissent se montrer soupçonneux, mais…

Il laissa sa phrase en suspens.

— Ça n'a rien à voir avec le fait d'être humain ou pas, dit Michael. Si tu m'avais posé la question il y a six mois, je t'aurais dit qu'il était impossible de se fier à un humain, car il essaierait de te tuer dans ton sommeil.

Et si Max avait raison ? pensa Michael.

Il serra le poing, enfonçant encore les éclats de verre dans sa chair avec l'espoir que sa colère renaîtrait de ses cendres. Ainsi que la conviction que Max et Alex se trompaient sur le compte de son frère.

En vain.

— Alex, Liz et Maria ont souvent mis leurs vies en danger pour sauver les nôtres, continua-t-il.

Il se sentit soudain très las.

Il s'allongea sur le dos, mais cette position lui sembla incongrue, d'autant plus que Trevor restait assis. Se redressant, il s'appuya de nouveau à la paroi.

— Rien de ce qui a été dit ce soir n'a à voir avec

le fait d'être humain ou pas. Maria n'a pas vraiment cru les accusations d'Alex. Sur le moment, elle a eu peur, voilà tout. Quant à Liz… C'est une fille logique. Lorsqu'elle apprendra ce qui s'est passé, je te garantis qu'elle n'en tirera pas de conclusions hâtives.

La logique pouvait souffler à Liz de rester neutre. Ou de conseiller à ses amis de rester loin de Trevor jusqu'à ce qu'ils en sachent davantage sur lui.

— Et Isabel ? demanda Trevor.

— Je crois qu'Izzy réserve son jugement. On aurait dit qu'elle voulait entendre tous les témoignages avant de se faire une idée.

— Donc, elle est prête à croire que j'aurais pu tuer Alex pour lui voler la Pierre de Minuit, conclut Trevor.

Michael réfléchit à la manière posée dont Isabel avait émis ses interrogations, au musée.

— Je ne te mentirai pas… Je crois qu'elle est en mode « coupable jusqu'à preuve du contraire ». (Il inspira profondément.) Il lui est arrivé trop de mésaventures, ces derniers temps – c'est notre cas à tous. Après, il n'est plus si facile de se fier à quelqu'un.

— Inutile de te demander ce que pense Max, dit Trevor.

Michael tendit un bras vers la niche aménagée dans la paroi et en tira un vieux bidon métallique. Il but une longue gorgée avant de le tendre à son frère.

— Soda au raisin et sauce de soja.

Trevor prit le bidon, inclina la tête et but.

— Excellent !

— Nous sommes les seuls à apprécier ce breuvage, commenta Michael. Max, Iz et Adam n'y toucheraient pour rien au monde.

Trevor et moi nous ressemblons tellement…

Comment cela avait-il pu échapper à Max ?

— A propos de Max…

Michael marqua une pause, pas vraiment sûr de savoir lui-même où il voulait en venir.

— Il est comme un frère pour moi. C'est juste que, dernièrement… (Il secoua la tête.) Je ne sais pas. Depuis qu'il a eu son *akino* et s'est connecté à la conscience collective, il a beaucoup changé. Parfois, je ne le reconnais plus.

— Oui, ça arrive souvent. La plupart de ceux qui se joignent à la Fraternité viennent frapper à notre porte parce qu'ils refusent de se connecter. Ils ne veulent pas perdre leur individualité, leur identité…

— Cela n'équivaut-il pas à un suicide ?

— Si tu ne te connectes pas pendant ton *akino*, tu meurs, c'est ça ? répondit Trevor.

Il tendit le bidon à son frère, qui le reposa sur la niche.

— Conneries ! La conscience collective veut le faire croire, mais ce sont des foutaises !

— Tu te trompes, dit Michael en secouant la

144

tête. J'ai vu dans quel état était Max pendant son *akino*. Il a failli mourir.

Il faisait encore des cauchemars où son ami décédait. Il se voyait à son enterrement...

— Alors, pour toi, j'ai l'air mort ? demanda Trevor.

— Non, mais...

Michael regarda longuement son frère.

— Tu as survécu à ton *akino* sans jamais établir la connexion ?

— Tu as pigé du premier coup !

— Il y a un moyen de rompre la connexion ? Max le peut-il ?

— La conscience collective est beaucoup trop puissante pour qu'un individu isolé rompe avec elle. Et j'ai le sentiment que Max est désormais trop impliqué pour vouloir s'en séparer. Même s'il le pouvait.

— Tu as peut-être raison, admit Michael à contrecœur.

Il se leva.

— Je dois partir. Ça te paraîtra stupide, mais je préfère ne pas laisser Adam seul trop longtemps. Si tu as besoin de quoi que ce soit...

Trevor secoua la tête, puis se leva à son tour.

— Ça ira. J'ai dormi dans de pires endroits.

— Je reviendrai demain, après les cours, avec des provisions. Mais tu n'auras pas à te cacher ici très longtemps. Je parlerai à Max et aux autres. Je les convaincrai que tu n'es pas une menace pour eux.

J'ignore comment, mais je le leur ferai comprendre.

Trevor avait l'air sceptique.

— Bien, euh… A plus !

— Veux-tu que je guérisse ta main, avant que tu partes ? demanda son frère. A moins que tu préfères continuer à pisser le sang…

— Je m'en charge ! répondit vivement Michael.

Si Trevor et lui se connectaient, il s'exposerait à une attaque. Son frère pourrait choisir une veine de son cerveau et la serrer, jusqu'à ce que mort s'ensuive…

Mais ça n'arrivera pas… car ce n'est pas un meurtrier, se répéta Michael.

Il revint vers Trevor et lui tendit sa main blessée.

— A la réflexion, ce sera plus facile si tu le fais pour moi.

CHAPITRE IX

Liz sentit des doigts passer dans ses cheveux pour les écarter de son visage.

Je dois dire à Adam d'arrêter, pensa-t-elle, sans ouvrir les yeux.

Mais c'était si bon…

Faisons semblant de dormir encore, décida-t-elle. *Une minute. Pas plus. Ensuite…*

— Que fais-tu ici, Liz ? demanda une voix.

Ce n'était pas celle d'Adam.

Max !

Liz ouvrit les yeux et le vit agenouillé près du matelas pneumatique.

— Que fais-tu ici ? répéta-t-il.

Liz s'assit, faisant grincer le matelas. Adam avait insisté pour qu'elle prenne son lit. Elle jeta un coup d'œil à l'autre bout de la pièce.

Le garçon n'était plus couché sur le plancher.

— Que fais-tu ici ? insista Max.

Qu'est-ce qui n'allait pas, chez lui ?

— Si tu m'avais appelée, hier soir, comme promis, tu le saurais, répondit-elle.

— J'allais le faire quand la conscience collective…

— La conscience collective, coupa Liz. Bien sûr !

Max se releva et recula d'un pas.

— Il faut que je parle à Michael.

Naturellement, il détournait la conversation…

— Michael et Trevor ne sont pas rentrés.

Liz se sentit coupable. Trop préoccupée par ses ennuis, elle avait presque oublié ce qui s'était passé entre ses amis.

— Adam m'a tout raconté, ajouta-t-elle, radoucie.

— Alors, tu comprends que ce n'est pas seulement à cause de la conscience collective que j'ai oublié de t'appeler.

Et voilà, il se jette sur l'excuse que je viens de lui fournir…

— Quand Alex est venu me dire qu'il estimait Trevor dangereux, la situation m'a échappé.

Liz hocha la tête.

— Ça, je peux le comprendre.

La jeune fille se leva. Elle en avait assez que Max la regarde de haut.

— Et si ce qui s'est passé hier soir, je parle de ton oubli, ne s'était produit qu'une fois, je n'en ferais pas toute une histoire… Même si j'avais vraiment besoin de toi.

— Pourquoi ? Que s'est-il passé ?

Max la regarda de la tête aux pieds.

— Ton aura montre que tu es bouleversée.

Est-ce lui qui m'étudie en ce moment ? Ou toute la clique de la conscience collective ? se demanda Liz.

Une sensation dérangeante naquit à la base de sa nuque et descendit le long de sa colonne vertébrale, jusqu'à ses reins.

— Il fut un temps où tu l'aurais remarqué moins d'une seconde après m'avoir vue.

Elle tira sur le T-shirt que lui avait prêté Adam pour dormir. Il lui semblait soudain trop court.

— Liz, par pitié, laisse-moi souffler un peu, d'accord ? Je te rappelle que nous avons peut-être un deuxième tueur en liberté… et c'est le frère de Michael.

— Désolée, c'est trop facile ! Tu sais pertinemment que ce n'est pas le problème entre nous.

Elle ramassa la couette *Star Wars* et se l'enroula autour de la taille.

— J'aimerais savoir ce que tu considères comme un problème, dit-il, un rien condescendant.

— Max, si je ne peux plus t'embrasser sans que tu replonges dans la conscience collective ! Sais-tu à quel point c'est dégoûtant ? Tu es en train d'embrasser quelqu'un et soudain, ses lèvres deviennent toutes molles !

Au contraire de celles d'Adam, si fermes, si chaudes…

— Dégoûtant…, répéta Max.

Il prit entre ses mains le visage de la jeune fille. Ses yeux plongèrent dans les siens, puis glissèrent vers sa bouche.

Il va m'embrasser ! pensa Liz, paniquée.

Elle lui posa les doigts sur les lèvres.

— Parce que ce n'était pas *toi*.

Max repoussa la main de Liz et recula.

— Qu'essaies-tu de me dire ? As-tu décidé de rompre ?

— Je veux être avec *toi*, Max. Mais tu n'es plus le même…

— Donc, tu as l'intention de rompre.

Restera-t-il quelque chose de moi, quand tout sera terminé ? se demanda Liz.

Mais elle ne pouvait plus prétendre que rien n'avait changé entre eux, se voiler la face et faire comme s'il était toujours le garçon merveilleux dont elle était tombée amoureuse – corps et âme.

Ce Max-là n'existait plus.

— Es-tu en train de rompre avec moi ? redemanda-t-il d'une voix éteinte.

Comment pouvait-il avoir la cruauté d'exiger une réponse ? Ne voyait-il pas la blessure béante, au plus profond d'elle-même ?

Liz hocha la tête.

Max tourna les talons et sortit.

— Si j'ai bien compris, tu as rompu avec Max ?
demanda Adam.

Il lui avait fallu un talk-show et demi à la télé
pour trouver le courage de poser la question.

— Oui, répondit Liz.

Ça n'avait rien d'un « oui » joyeux, du genre :
« *Maintenant je suis libre de passer mes journées
à flirter avec toi, Adam* ».

Un « oui » las. Plein de tristesse.

Adam s'inquiétait pour son amie. Elle avait les
yeux gonflés, un pli amer à la bouche…

— C'est pour ça que tu n'es pas allée en cours ?
Tu ne te sens pas la force de le côtoyer en ce
moment ?

Adam détestait l'idée que Max puisse avoir un
tel effet sur Liz.

Pourtant, c'était ce qui l'attirait chez elle. Elle
réagissait si intensément !

Depuis sa libération, il avait une obsession : rattraper le temps perdu. Et Liz était le genre de fille
qui vivait tout à fond.

— Non, répondit-elle. Enfin, d'une certaine
manière, c'est un des effets secondaires non négli-
geables… J'avais peur que mon père débarque au
lycée pour me chercher. Je n'ai aucune envie de le
voir.

151

Le filet violet qui voilait son aura s'obscurcit encore, tirant sur le noir.

Adam aurait voulu qu'elle se sente mieux.

Mais comment faire ?

Soudain, la réponse s'imposa à lui.

Il étudia une partie du plancher, au milieu du salon chichement décoré – Michael et lui étaient censés se procurer bientôt des meubles.

— Aimes-tu le trampoline, Liz ?

— Hein ?

La jeune fille se tourna vers lui, perplexe.

— Un instant…, dit Adam.

Il se concentra sur les molécules du plancher, les « écartant ».

— Regarde.

Il se dirigea vers la partie modifiée du sol, où il s'enfonça jusqu'aux chevilles. Il jeta un coup d'œil à Liz par-dessus son épaule, puis commença à rebondir, si haut que ses cheveux finirent par effleurer le plafond.

Peut-être devrais-je y faire un trou pour bondir encore plus haut !

Quand il regarda Liz, il comprit que ça ne serait pas nécessaire. Elle affichait un sourire poli… Il avait voulu la distraire et avait réussi à lui imposer un nouveau fardeau : ne faire aucun commentaire, pour ne pas le froisser.

Et voilà, le monstre de foire a encore frappé ! Je suis incapable de me comporter comme il faut…

Il redonna leur forme aux molécules du plancher, puis retourna s'asseoir près de Liz – pas *trop* près. Elle n'apprécierait pas qu'il lui impose un contact physique.

— Si je savais ce que tu as pu ressentir… Je ne me suis jamais disputé avec mon père. Bon, je n'en ai jamais eu… Comme substitut, j'avais le shérif Valenti. Alors je ne peux pas prétendre te donner des conseils.

— Ne t'inquiète pas, répondit Liz.

Elle ramena ses longs cheveux bruns sur sa tête et en fit un chignon. Chaque fois qu'elle était bouleversée ou mal à l'aise, Adam avait remarqué ce tic nerveux chez elle.

— Après avoir tué le shérif…

— Ce n'est pas toi qui l'as tué, coupa Liz. Elsevan DuPris s'est servi de toi.

— Eh bien, après que *mon corps* eut abattu le shérif… Quand j'ai compris ce que j'avais fait, je me suis effondré.

Liz arborait l'expression pensive qu'il lui connaissait bien. Il n'était pas sûr de l'aider beaucoup, mais il n'avait pas d'autre expérience des relations père-fils à partager avec elle.

— J'aurais dû le détester, non ? demanda Adam. De fait, je l'ai haï de toutes mes forces quand j'ai découvert qu'il m'avait gardé en prison alors qu'il y avait un vaste monde à découvrir. Tout ça pour faire des expériences sur moi… A ses yeux, je n'étais rien d'autre qu'un cobaye. Mais…

Adam se tut, doutant de pouvoir expliquer ce qu'il ressentait.

— Mais quoi ? le pressa Liz.

— Il me lisait des histoires. Et… il était gentil avec moi. C'était mon père. J'avais le sentiment de lui appartenir. Même quand j'ai mesuré son machiavélisme, je n'ai jamais souhaité sa mort. J'aurais aimé qu'il passe le reste de ses jours enfermé dans son maudit complexe, mais pas qu'il *meure*. C'était comme s'il faisait partie de moi, tu comprends ? Comment aurais-je pu vouloir sa fin ?

— Je n'avais jamais vu le problème sous cet angle, souffla Liz. Quand Valenti a été tué, nous avons été soulagés. Toi, tu avais perdu ton père…

Elle lui prit la main.

— T'arrive-t-il d'oublier qu'il est mort ? Quand ma sœur est décédée, j'avais du mal à me souvenir qu'elle n'était plus là… Je me disais : « *Il faut absolument que je raconte ça à Rosa !* » Puis… (Elle ouvrit les mains, mimant une explosion.) Boum ! Je me rappelais qu'elle était morte et enterrée.

— Ça m'est arrivé aussi… Dis-moi, quand cela s'arrêtera-t-il ?

Liz haussa les épaules.

— Qui sait… Aujourd'hui, ça m'arrive moins souvent. Quand je me dis que je ne pourrai plus rien partager avec ma sœur, c'est davantage du genre « oh, c'est vrai » que du genre « boum ! »... si tu vois ce que je veux dire.

— Si je montrais ma peine pour Valenti, on me jugerait débile...

— C'est pourtant normal ! assura Liz. C'était ton père !

Il se demanda si elle ne parlait pas plutôt du sien. Si Adam avait des sentiments forts pour Valenti, ceux de Liz pour M. Ortecho devaient être plus profonds.

— Tu devrais aller lui parler. A ton père, je veux dire.

Il n'était pas certain qu'elle apprécie ce conseil, mais elle devait l'entendre.

— Tu ne comprends pas ! Il a prouvé qu'il ne me connaissait pas du tout. Il croit m'aimer, mais comment peut-on aimer quelqu'un qu'on ne connaît pas ?

— Alors, tu préfères fuir ? Ça ne te ressemble pas, Liz. Tu te bats pour obtenir ce que tu veux. Tu désires qu'il sache qui tu es... Alors fais en sorte que ça arrive !

Elle parut sceptique.

— Oui, prends les devants ! insista Adam. Tu as participé à l'opération qui a libéré Michael du Projet Table Rase. Tu as berné les chasseurs de primes de DuPris. Tu as pratiquement ramené Max d'entre les morts ! Liz, tu fais en sorte que les choses arrivent. Tout le temps. Même ce qu'on pourrait croire impossible.

Elle recommença à ramener ses cheveux sur son crâne.

— Tu sais ce qui arrivera si tu ne retournes pas le voir, n'est-ce pas ?

Ce qu'Adam s'apprêtait à dire lui ferait probablement du mal, mais c'était nécessaire.

Liz secoua la tête.

— Si tu n'y vas pas, un jour, tu rentreras du lycée… ou de l'université, peu importe… tout excitée à l'idée de raconter à ton père ce qui t'est arrivé d'important – ou de formidable, ou même de terrible. Et – boum ! – ça te tombera dessus sans crier gare. Tu sauras que tu ne peux plus parler à ton père !

Max regarda la table où déjeunait toujours leur groupe, à la cafétéria du lycée. Dès qu'il vit Michael, la tension qui l'habitait depuis leur dispute s'évapora.

Il rejoignit son ami.

— Tu es vivant !

Michael lui lança un regard noir. Max s'avisa, un peu tard, que ce n'était pas le moment de faire de l'humour… Même si ça n'en était pas vraiment.

— Je suis passé chez toi, ce matin, mais tu n'étais pas là, continua-t-il. Il faut que nous parlions.

Il vit Isabel et Alex se diriger vers eux. Maria n'allait pas tarder à se montrer aussi.

— Seul à seul, si tu n'y vois pas d'inconvénient.

— Comme tu voudras.

Sans grand enthousiasme, Michael se leva et suivit Max dans le labo de sciences.

L'endroit idéal pour une explication tranquille. A l'heure du déjeuner, il n'y avait pas âme qui vive dans cette partie du lycée. Même pas Liz, qui n'était pas venue en cours aujourd'hui.

Max se força à penser à autre chose. Il ne pouvait pas régler en même temps les cas « Liz » *et* « Michael ». Même séparément, ils étaient déjà trop épineux à son goût.

— Tu voulais que nous parlions, je t'écoute ! fit Michael en s'asseyant sur une paillasse.

— Je me demande ce que tu as découvert sur Trevor depuis hier soir.

— Je n'essayais pas de découvrir des choses, figure-toi ! (Michael prit un des allumeurs servant aux becs Bunsen et l'actionna.) Je ne l'ai pas suivi pour jouer les espions !

— Je ne voulais pas dire ça, se défendit Max. (Il s'installa sur un tabouret, face à son ami.) Ecoute, d'après la conscience collective, Trevor est une menace pour nous. Tu aurais dû sentir la colère de ses membres quand j'ai projeté une image de lui…

Michael se raidissant, il s'empressa de continuer avant qu'il ne l'interrompe.

— Mais je n'ai rien perçu qui m'incite à voir en Trevor un tueur. Ça, c'est ce qu'Alex a ressenti quand il était suivi dans le vortex. Tout ce que je veux savoir, c'est si Trevor et toi avez parlé d'un truc qui pourrait m'aider à comprendre la situation.

Michael joua avec l'allumeur puis le posa.

— T'est-il venu à l'esprit que la conscience collective pouvait mentir ?

Ce fut comme si Michael lui avait flanqué son poing dans l'estomac. Chancelant un peu sur son tabouret, Max posa un pied par terre pour assurer son équilibre.

Il était connecté pour la vie à la conscience collective. Si elle était capable de mentir... Si elle avait de mauvaises intentions...

Impossible ! Ses parents en faisaient partie. Ray aussi.

— La conscience collective n'est pas une seule entité, expliqua Max. Elle se compose d'une infinité d'êtres. Je doute qu'une entité de cette taille puisse mentir.

— Admettons. Mais comment expliques-tu que Trevor ait traversé son *akino* et y ait survécu sans se connecter ? Selon la conscience collective, si tu ne te connectes pas, tu meurs.

Attends... cela voudrait-il dire que... ? pensa Max, sonné.

Cela signifiait-il qu'il n'aurait pas eu besoin de se connecter ? Qu'il...

158

Il secoua la tête. Il y avait une réponse évidente… Mais Michael ne semblait pas y avoir pensé une seconde.

— T'est-il jamais venu à l'esprit que Trevor pouvait te mentir ? demanda-t-il en s'efforçant de garder son calme.

Inutile de jeter de l'huile sur le feu.

— C'est mon frère, répondit simplement Michael.

Max bondit sur ses pieds.

— Et moi, que suis-je pour toi ? Ne suis-je pas aussi ton frère de toutes les manières qui comptent ?

Michael ne voyait-il rien ? Ne comprenait-il pas que le lien qui les unissait était plus solide que ceux du sang ? Michael et lui avaient partagé tous les tournants essentiels de leurs existences. A côté, Michael et Trevor étaient de purs étrangers.

— Si tu es mon frère, pourquoi ne me fais-tu pas confiance ? Je m'en vais !

Max le regarda partir. Il aurait voulu lui crier de revenir… A quoi bon ?

Michael avait fait son choix.

Le jeune homme se leva, ouvrit le robinet, à côté de lui, et plongea la tête sous l'eau. Il y resta jusqu'à ce que sa peau s'engourdisse à cause du froid. Puis il ferma le robinet et se sécha avec une serviette en papier.

Il entendit la souris, derrière lui.

— Tu ne vas pas t'y mettre aussi, Fred, hein ? Tu ne vas pas me faire de la peine ?

Max s'approcha de la cage des souris blanches pour en sortir la plus décharnée. Il examina ses minuscules yeux rouges.

— Rappelle-toi, tu me dois la vie. Michael et Liz aussi, mais ils semblent l'avoir oublié…

Fred poussa un petit cri aigu ; Max feignit d'en avoir compris le sens.

— Oui, je sais… Ils ont remboursé leur dette en me sauvant la vie à leur tour… Je suppose que je devrais régler ce qui ne va pas entre nous… Je ferais bien de me dépêcher, avant qu'on ne me voie jouer les Docteur Doolittle et qu'on ne décide de me faire enfermer.

Il remit Fred dans sa cage. Puis il sentit une pointe de curiosité chez la conscience collective.

Pas question ! Il y a des choses que je ne ferai pas !

Les êtres insistèrent, accentuant la pression.

— D'accord…, grommela Max.

Il prit une boulette dans la mangeoire des souris et se la fourra dans la bouche.

Le mélange de saveur était plus complexe qu'il ne l'aurait cru. Il mâcha lentement, partageant l'expérience avec ses semblables.

CHAPITRE X

Liz sortit son trousseau de clés. Puis elle fixa la poignée de la porte.

Adam a raison... Il faut que tu le fasses. Au moins, que tu essaies.

Elle mit la clé dans la serrure. Mais la porte s'ouvrit en grand. Et la jeune fille se retrouva dans les bras de sa mère.

— *Mija*, nous étions si inquiets. Où étais-tu ?

Mme Ortecho s'écarta, la tenant à bout de bras, et la secoua doucement. Puis elle la serra de nouveau sur son cœur.

— Chez des amis, répondit Liz quand sa mère la relâcha. Je ne pouvais pas rester sous le même toit que papa. Non...

Liz s'avisa que sa mère portait la même tenue que la veille. Des cernes noirs soulignaient ses yeux.

— Ton père t'aime plus que tout. Tu le sais, n'est-ce pas ?

— Il ne me connaît pas ! Tu ne penses pas que je suis comme… Mais papa, c'est ce qu'il croit ! Il s'est mis dans la tête que j'avais besoin d'être placée sous surveillance anti-overdose sept jours sur sept et vingt-quatre heures sur vingt-quatre !

Liz sentit des larmes lui brûler les paupières. Elle battit très vite des cils.

— Il veut seulement que tu sois en sécurité, répondit sa mère. Il est dans le jardin. Va lui parler.

Liz hésita.

N'est-ce pas pour ça que tu es ici ?

Elle s'approcha de la baie vitrée, la fit coulisser et s'engagea dans le jardin.

Son père était allongé sur l'herbe, les yeux fermés.

Elle tendit l'oreille pour savoir quelle musique il écoutait, histoire de jauger son humeur. Mais elle ne capta rien.

Etrange… Son père s'était acheté une radio étanche pour la douche. Il ne supportait pas d'être privé de ses mélodies préférées, fût-ce le temps de se laver.

Liz jeta un coup d'œil nerveux par-dessus son épaule. Peut-être ferait-elle mieux d'aller chercher sa mère. Une conversation à trois serait sans doute moins tendue. Alors…

— A-t-elle appelé ? demanda M. Ortecho sans ouvrir les yeux.

— Tu n'as pas froid ? répondit Liz, s'avisant qu'il n'avait pas mis de veste.

Il s'assit lentement et se tourna vers elle.

La jeune fille attendit qu'il explose.

Il ne dit rien. Pas un mot.

Voulait-il qu'elle s'excuse ? A moins que…

Dis-lui ! s'ordonna-t-elle.

— J'aimerais te poser une question. Estimes-tu possible d'être major de sa promo en prenant régulièrement de la drogue ? Crois-tu qu'une droguée penserait à appeler chaque fois qu'elle sera en retard ou ne pourra pas rentrer directement après les cours ?

Liz avait d'autres exemples, mais sa gorge serrée l'empêcha de continuer.

Je vais pleurer !

Elle ne versait jamais de larmes devant ses parents. Ce genre d'interdits relevait de sa conception de la fille parfaite. Celle qui devait compenser l'autre… la morte.

Liz éclata en sanglots. Comme au musée, la veille. Mais personne ne la serrait dans ses bras. Son père se contentait de la regarder.

— J'ai essayé… de réussir partout ! continua-t-elle d'une voix étranglée. Les notes… mon boulot au *Crashdown*… ma chambre, toujours impeccablement rangée.

Liz s'essuya les yeux. Peine perdue. D'autres larmes coulèrent aussitôt.

— Je ne pouvais pas me permettre de faire une chose qui inquiète mes parents… Qui leur laisse penser que… j'allais mal tourner, comme Rosa. Je devais toujours être parfaite, parfaite, *parfaite* !

— Je peux t'assurer que tu es loin de l'être. (Son père se releva en grognant.) Tu veux garder les pots de confiture aux fruits jaunes de ton *abuelita* pour toi toute seule.

Un éclat de rire échappa à Liz. Elle essuya de nouveau ses larmes.

Son père sourit.

— Tu vois, je te connais… Rosa aimait la confiture aux fruits rouges. Liz aime celle aux fruits jaunes. Rosa aimait dessiner des après-midi entiers. Liz préférait faire du patin à roulettes. Rosa me disait toujours : « *Papa, raconte-moi une histoire.* » Liz me disait : « *Papa, j'ai une question.* » (Il secoua la tête.) Et tu me posais les questions les plus surprenantes… Du genre : « *Papa, les papillons se souviennent-ils du temps où ils étaient des chenilles ou les regardent-ils en se disant : beurk ! quelle horreur ?* »

— J'avais oublié celle-là, admit Liz.

— Moi, non. Je me rappelle tout ce qui te concerne.

Il s'approcha de sa fille et lui prit la main, comme quand elle était enfant.

Liz faillit recommencer à pleurer.

— Je sais que tu n'es pas Rosa. Tu ne m'as

164

jamais donné de raison de craindre que tu allais te brûler les ailes au feu qui l'a consumée. Mais je n'ai rien vu venir avec elle. J'étais son père et je n'ai rien remarqué. Je dois vivre avec ça. Et je ne veux pas… je ne pourrais pas…

— Je sais, répondit Liz. Ça n'arrivera pas. Je te le promets.

Ils regagnèrent ensemble la maison.

Il s'arrêta soudain et désigna la girouette surmontée d'un cochon, sur le toit de la maison.

— Tu te souviens ? Rosa disait que je l'avais achetée pour l'embarrasser quand elle amenait des amis à la maison.

Liz sourit. Maintenant qu'il avait commencé à parler de Rosa, parviendrait-il à s'arrêter ?

— Oui, elle lui avait même donné un nom. Lequel, déjà ?

— Ça changeait tout le temps. « M. Chair-à-saucisse » était un des moins grivois…

M. Ortecho précéda sa fille dans la maison sans lui lâcher la main.

— Papa, j'ai une question…

Depuis quelques minutes, ils parlaient beaucoup de Rosa. Mais elle ne voulait pas aller trop loin.

— Quoi ? Vas-y ! pressa son père, sentant qu'elle hésitait.

— Je me demandais ce qui était arrivé aux photos de Rosa. Il n'en reste plus une et elles… me manquent.

Il serra douloureusement sa main, les yeux brillants. Elle n'aurait jamais cru le voir un jour au bord des larmes.

— Bah, ce n'est pas important…

Elle lui avait fait de la peine, peut-être plus qu'il ne pouvait en supporter. Pourquoi avait-il fallu qu'elle…

— Estela !

Mme Ortecho apparut presque aussitôt dans l'encadrement de la porte de la cuisine.

Je parie qu'elle s'est rongé les sangs pendant que nous parlions.

— Liz et moi aimerions regarder des photos de Rosa. Sais-tu où elles sont ?

— Je… Oui. Je vais les chercher, répondit sa femme en souriant.

Un pauvre sourire… Mais un sourire quand même.

— J'avoue que j'aimerais beaucoup les regarder, moi aussi.

— Tu es à pied ? cria Michael.

Maria sortait du lycée.

— C'est presque toujours comme ça que je me déplace…, répondit-elle quand il l'eut rejointe.

— Je peux te raccompagner, proposa-t-il.

— Tu voudrais m'emmener en balade dans ta voiture ? C'est tellement chou !

166

Maria battit des cils et… faillit trébucher sur le trottoir.

Les jeunes gens arrivèrent sur le parking.

— J'ai entendu dire que tu avais ton propre appartement et ton entreprise. C'est vrai ?

Elle fit courir son index le long du bras du jeune homme, comme une caricature de flirt.

Si elle pouvait rester son amie en jouant les vamps, pourquoi pas ? D'accord, elle se sentirait ensuite comme un chiot qui voit une pièce de viande accrochée hors de sa portée… Mais on ne pouvait pas tout avoir.

— C'est vrai, ma puce, répondit Michael. Et maintenant, il ne manque plus qu'une jolie fille pendue à mon bras ! Si le rôle t'intéresse, je peux t'obtenir une… audition.

Il entrait dans son jeu, mais Maria ne fut pas dupe. Il n'avait pas le cœur à plaisanter.

Dès qu'ils furent dans la voiture, elle se tourna vers lui.

— D'accord. Je t'écoute. Raconte au docteur Maria ce qui ne va pas.

— Quoi ? s'écria Michael en la regardant comme si elle était folle.

— Quoi ? répéta-t-elle en le regardant comme si lui était fou.

Il démarra.

— C'est donc ça… Tu veux que j'utilise mes fameux pouvoirs psychiques sur toi.

167

Maria agita une main dans sa direction.

— Je vois Max. Je vois Trevor. Et je te vois toi, au milieu...

— Max me force à prendre parti contre lui ! explosa Michael. Il refuse d'admettre que la conscience collective peut se tromper sur Trevor !

— Max ne prend jamais de risques quand il est question de la sécurité du groupe, lui rappela Maria. Tu le connais... Ça n'est pas pour rien que nous l'avons surnommé « M. Responsabilité ».

Michael s'engagea dans l'avenue.

— Il semble ne pas vouloir comprendre que Trevor est mon frère, répondit-il. Pas une menace !

— Tu ne peux pas en être sûr, dit Maria aussi gentiment que possible.

Elle avait de la peine pour Michael. Toute sa vie, il avait souhaité avoir une famille bien à lui. Il aurait dû faire découvrir la terre à Trevor et partager avec lui... tous les trucs qu'échangent des frères.

Au lieu de ça, son meilleur ami – son *autre* frère – essayait de le convaincre que le seul survivant de sa famille était un criminel.

— Donc, tu es d'accord avec Max ? demanda Michael.

Il freina à un feu rouge.

Maria se retint au tableau de bord.

— Je commence à croire que c'est toi qui es dangereux !

Dès qu'elle vit au fond des yeux de Michael la douleur qu'il tentait de lui dissimuler, elle s'en voulut, aussitôt radoucie.

— Je ne sais plus ce que je dois penser, avoua-t-elle.

Elle ne pouvait pas prétendre être *absolument certaine* que Trevor était digne de confiance… même si c'était ce qu'il avait envie d'entendre.

— Alex et Max semblent croire qu'il y a un… *problème*. Soyons prudents et évitons d'extrapoler quoi que ce soit tant que nous ne connaîtrons pas le fin mot de l'histoire.

— Mais tu veux lui donner une chance, au moins ? demanda-t-il en tournant dans sa rue. C'est tout ce que je te demande. Tu n'auras pas à te faire une opinion sur mon frère tant que tu ne le connaîtras pas mieux…

— D'accord, je lui donnerai une chance, répondit Maria.

Ce serait pour Michael… Même si son instinct lui soufflait que c'était une *très* mauvaise idée.

Max et Alex n'étaient pas le genre de garçons à tirer des conclusions hâtives. S'ils estimaient que Trevor représentait une menace, ça devait être vrai.

Michael tourna dans l'allée et s'arrêta – cette fois sans malmener la voiture, les freins et la passagère.

— Veux-tu entrer un instant ? proposa Maria. J'ai promis à Kevin de l'aider à réaliser une

169

maquette de journal pour son cours d'éducation civique. Tu devrais voir ses gros titres sur Magellan ! Il en a fait une sorte de superhéros de bande dessinée !

— Pourquoi pas ? Mais j'espérais te convaincre de faire des brownies pour Trevor. Je dois le voir plus tard.

— Eh bien, entendu, dit Maria. Préfères-tu ceux à la poudre de caroube ou ceux… ?

— Les autres, sans hésiter, répondit-il en la suivant dans la maison. Avec peut-être un glaçage au vinaigre blanc.

Maria feignit d'avoir la nausée.

— Au moins, ça empêchera Kevin d'y goûter, dit-elle, philosophe. Kevin ! L'heure tourne ! criat-elle. Tu es prévenu. Pas question que je veille jusqu'à deux heures du matin, comme la dernière fois !

— Il n'est peut-être pas rentré, suggéra Michael.

— Il devrait être là depuis une demi-heure au moins ! Mais rien n'indique qu'il est rentré et ressorti. La maison est trop bien rangée.

Kevin avait un gros défaut : dès qu'il passait la porte, il semait ses affaires partout. Un sac à dos ici, un manteau là, des chaussures sur la table du salon…

— Je vais voir sur le réfrigérateur. Il a peut-être laissé un mot…

La jeune fille s'empressa de faire un tour dans la

cuisine, Michael sur les talons. Elle repéra tout de suite une feuille de papier orange, plaquée au réfrigérateur par un aimant.

— Ça, c'est une couleur, marmonna-t-elle en posant son sac à dos sur une chaise.

Elle décrocha la note… et se laissa tomber sur le sol.

— Qu'y a-t-il ? demanda Michael.

Le bout de papier vibrait comme les ailes d'un oiseau-mouche quand la jeune fille le lui tendit. Elle serra les mains sans parvenir à réprimer ses tremblements.

Michael lut le mot à haute voix.

— « *Vous me donnez ce que je veux. Je vous donne ce que vous voulez.* »

Il se laissa tomber à côté de Maria.

— Je ne comprends pas.

— Ce n'est pas Kevin. Je pense que c'est…

Maria baissa les yeux, incapable de croiser le regard de son compagnon. Comment l'aurait-elle pu… ? Mais c'était la seule explication logique.

— Michael, je crois que c'est Trevor qui l'a écrit…

— Mais de quoi parles-tu ?

Il retourna la feuille de papier dans un sens, puis dans l'autre.

— Je ne vois rien qui…

— Kevin ? cria Maria. Kevin !

La maison était vide.

171

— Tu ne comprends pas ? C'est une demande de rançon ! Trevor a enlevé mon frère. Il nous le rendra en échange de la Pierre de Minuit !

— Je crois que Michael a raison, dit Liz. Nous ne devrions pas nous fier à la conscience collective. Au moins, pas aveuglément.

Elle était assise à l'arrière de la voiture.

Merci, mon Dieu de m'avoir donné une amie telle que Liz ! pensa Michael.

Et un ami comme Adam.

Leur attitude maintenait un certain équilibre au sein du groupe.

Max, Alex et Maria étaient passés en mode « Trevor est mauvais ».

— Ne peux-tu pas aller plus vite ? cria Maria.

Elle frôlait l'hystérie.

Michael appuya sur l'accélérateur.

— Cette voiture n'est pas conçue pour les balades dans le désert, lui rappela-t-il. Mais nous sommes presque arrivés.

— Kevin va très bien, dit Max, assis à l'avant.

— Oui, renchérit Alex. Trevor est assez intelligent pour savoir qu'il ne doit pas lui faire du mal s'il veut l'utiliser comme monnaie d'échange.

Maria gémit. Alex tressaillit.

— Désolé. Je voulais me montrer optimiste. J'aurais pu opter pour la version non-stupide…

— Il aurait fallu prendre la Jeep. Je déteste être

à l'étroit, se plaignit Isabel. Navrée, Maria. J'aurais dû opter pour la version non-égoïste…

— Mieux valait prendre une seule voiture, souligna Michael. Je doute qu'un défilé de véhicules dans le désert serait passé inaperçu.

Ce n'était pas la vraie raison… S'il avait insisté pour que tous soient dans la même voiture, c'était parce qu'il voulait que tous arrivent en même temps à la grotte.

Une seule chose l'avait poussé à révéler où se cachait Trevor : prouver l'innocence de son frère. Une bonne fois pour toutes.

— Je ne vois pas pourquoi nous devrions nous méfier de la conscience collective, Liz, dit Max sans se retourner. C'est vrai, ça n'est pas parce qu'elle est intervenue quand nous nous embrassions que…

— Ça n'a rien à voir ! coupa la jeune fille. As-tu oublié ce qu'elle t'a fait, Max ? Elle s'est servie de toi comme d'une machine à tuer ! N'essaie pas de prétendre que tu n'as pas été malade de dégoût quand elle t'a forcé à attaquer DuPris, parce que j'étais là !

— La conscience collective a failli te tuer, renchérit Isabel. Elle a tellement sapé tes forces pour ouvrir le premier vortex que ta vie ne tenait plus qu'à un fil.

Est-elle en train de se ranger de mon côté ? se demanda Michael.

— C'était nécessaire, rappela Max.

— Et ce n'est pas sur la seule base des informations fournies par la conscience collective que nous allons trouver Trevor, vous vous souvenez ? lança Alex. J'ai senti...

— Nous y sommes, annonça Michael, s'évitant l'éternelle rengaine.

Il descendit de voiture et courut vers la fissure qui était l'unique entrée de la grotte. Il voulait s'y faufiler le premier pour donner quelques secondes d'avance à Trevor avant que les autres ne lui tombent dessus.

— De la visite ! cria-t-il. De *nombreux* visiteurs.

Il se glissa dans l'ouverture, trouva le rocher du bout du pied et sauta dans la grotte.

Il fut soulagé de voir son frère.

Seul.

Evidemment qu'il est seul ! Tu savais bien qu'il le serait.

Mais son soulagement n'en était pas moins réel.

— Je ne t'attendais pas si tôt, dit Trevor.

Il se leva du sac de couchage où il était assis, et avança vers son frère.

— Nous pensons qu'on a enlevé Kevin, le petit frère de Maria, et..., commença Michael à toute allure.

Moitié sautant, moitié tombant, Maria entra à son tour.

— Où est Kevin ? cria-t-elle.

174

Elle voulut se jeter sur Trevor. Michael la ceintura.

— Nous le saurons bientôt, promit-il. Je te jure que nous allons le retrouver.

Michael aurait voulu l'aider, la persuader qu'elle avait tort de soupçonner son frère… Mais elle ne l'écouterait pas. Maria n'avait plus confiance en lui…

Max arriva, suivi d'Alex.

— Vous voyez ? Kevin n'est pas là, annonça Michael.

— Ça n'innocente pas Trevor ! dit Max.

— Ça ne prouve pas non plus qu'il est coupable, souligna Liz en sautant sur le rocher marchepied.

Elle en descendit très vite pour céder la place à Isabel.

Trevor se tourna vers Michael.

— Pourrais-tu me dire ce qui se passe, bon sang ?

— Je vais te le dire, moi ! cria Maria.

Elle se débattit tant qu'elle échappa à Michael, se campa devant Trevor et le foudroya du regard.

— Tu as enlevé mon petit frère pour qu'on te donne la Pierre de Minuit ! Maintenant, dis-moi où il est !

Trevor leva les yeux au ciel.

— Incroyable. D'abord, je me fais traiter d'assassin et maintenant de kidnappeur…

Au moins, il garde son calme, pensa Michael.

Il hocha la tête, encourageant son frère à continuer.

— Pourquoi ne revenez-vous pas me voir demain ?

Trevor sourit amèrement à Maria.

— Je serai peut-être devenu un pilleur de banques…

— Tu savais que Kevin était important pour notre groupe ! cria Maria.

Elle bondit sur Trevor et lui martela la poitrine de ses poings. Il ne fit pas un geste pour se défendre, stoïque sous la pluie de coups.

— C'est pour ça que tu as posé toutes ces questions à son sujet, au cours de la soirée au musée !

Michael la saisit par les poignets et l'écarta de son frère.

— C'est pour ça que tu l'as enlevé ! Tu sais que nous l'aimons tous ! Alors, parce qu'il est petit et faible, qu'il ne peut pas se défendre…

— Chut, Maria, murmura Michael à l'oreille de son amie. Kevin va bien…

Maria se retourna entre ses bras, défigurée par la douleur et la colère.

— Tu n'en sais rien ! Tu refuses de reconnaître tes torts au sujet de Trevor. Pendant ce temps, Kevin est peut-être à l'agonie ! Mais tu t'en fiches…

Alex s'approcha de Maria qui se jeta dans ses bras et éclata en sanglots.

Le cœur serré, Michael vit Liz et Isabel se joindre à Alex pour former un cercle protecteur autour de la jeune fille en larmes.

Un cercle qui l'excluait.

Il jeta un regard désespéré à Trevor, qui grogna de frustration.

— Si j'avais enlevé Kevin, mon premier geste aurait été de vous donner une carte en échange de la Pierre de Minuit, pour que vous puissiez le retrouver. Mais je n'en ai rien fait. Dites-moi pourquoi ?

Il les dévisagea tour à tour.

— Parce que ce n'est pas toi qui l'as enlevé, répondit Adam, qui était resté à l'entrée.

— Vous écoutez tous, j'espère ! lança Michael.

— Ce que Trevor dit n'est pas illogique, admit Liz.

— Oui, mais c'est ce que dirait un kidnappeur intelligent pour se disculper ! souligna Alex. Et personne ne doute de l'intelligence de Trevor…

— Qui d'autre aurait intérêt à enlever Kevin ? ajouta Max.

— N'avez-vous aucun ennemi ? demanda Trevor.

— Il y a DuPris, rappela Michael. Je parie qu'il adorerait mettre la main sur une deuxième Pierre de Minuit.

Il regarda Max et Alex, les défiant d'affirmer le contraire.

— Oui, mais comment DuPris aurait-il pu être

derrière moi dans le deuxième vortex ? demanda Alex.

Michael fourra les mains dans ses poches, résistant à l'envie de boxer la roche.

Alex avait raison sur ce point. DuPris ne pouvait pas l'avoir suivi dans le vortex.

— Qui d'autre, alors ? grommela-t-il. Nous avons sans doute un nouvel ennemi.

— Oui, confirma Isabel. (Tous se tournèrent vers elle.) Kyle Valenti !

CHAPITRE XI

— Michael, Liz, Trevor et Adam, ordonna Max, vous faites le tour et vous surveillez la porte de derrière, au cas où Kyle essaierait de s'enfuir. Maria, Alex, Isabel et moi entrerons par celle de devant.

Max fut presque surpris quand le groupe obéit, formant les équipes sans protester.

On dirait que nous avons trouvé un terrain d'entente, pensa-t-il alors que l'équipe de Michael contournait la maison.

Mais c'était une simple trêve. Il avait toujours un mauvais pressentiment vis-à-vis du frère de Michael.

Enfin, vérifier où les menait la piste Kyle ne nuirait à personne. Il espérait ardemment que le fils du shérif avait enlevé Kevin. Dans le cas contraire, il ignorait ce qui se passerait entre Michael et lui. Sans parler de Trevor.

Max se massa le front, essayant de chasser la

migraine qui le taraudait depuis le départ pour la grotte.

— Il faut y aller, Max ! dit Maria. Les autres doivent déjà être en place.

— Tu as raison.

Il prit la tête de son équipe, qui remonta l'allée et s'arrêta à la porte des Valenti. Max frappa.

On ouvrit aussitôt.

Un sourire suffisant aux lèvres, Kyle se tenait sur le seuil, l'air suprêmement content de lui.

— Où est-il, Valenti ? demanda Max.

— Kevin ? cria Maria, essayant de voir derrière Kyle. Tu es là, Kevin ?

— Vous voilà décidés à me dire ce que je veux savoir, fit Kyle. Vous m'en voyez ravi.

Max entra, écartant Kyle avant de le plaquer contre le mur du vestibule, un avant-bras en travers de sa gorge.

— Erreur. C'est *toi* qui vas nous dire ce que nous voulons savoir. Où est Kevin ?

L'autre poing levé, Max menaça de boxer Kyle. Il emploierait la bonne vieille méthode, puisque utiliser ses pouvoirs devant le fils de l'ancien shérif était exclu.

— Parle !

Avant que Kyle puisse s'exécuter, le reste du groupe entra dans la maison par-derrière.

— Tu l'as ? cria Michael.

— Oui ! répondit Max.

Même sans mes pouvoirs, je n'aurai aucun problème avec Kyle, pensa-t-il.

Il sentait la présence d'Alex, dans son dos, prêt à lui prêter main-forte. Une seconde plus tard, Michael, Trevor, Adam et Liz arrivèrent.

Pour une raison étrange, Kyle ne semblait pas impressionné.

— Je ne répéterai pas ma question, avertit Max.

— Si tu me touches, vous ne reverrez jamais Kevin.

L'impasse !

Max regarda Michael. C'était automatique. Peu importait ce qui s'était passé entre eux, quand Max voulait des renforts, il pensait à Michael.

— Je suis sûr que nous trouverons comment te faire couiner comme un goret et dire tout ce que tu sais ! lâcha Michael.

Kyle leva un sourcil.

— Possible. (Il regarda Maria.) Mais es-tu prête à courir ce risque ? C'est ton frère.

— Ne te laisse pas impressionner, Maria ! lança Alex.

— Kevin ! cria la jeune fille. Tu es là, Kevin ?

Max entendit un bruit mat. Presque imperceptible. Ça n'était peut-être rien, mais…

Max tira Kyle par le col et le poussa vers Alex.

— Garde-moi ça !

— Avec plaisir !

Une seconde plus tard, Kyle gisait sur le sol, Alex à genoux sur sa poitrine.

Max longea le couloir. Il entendit des pas derrière lui.

Michael et Trevor.

L'idée que Trevor le couvre ne le rendait pas particulièrement heureux, mais ce n'était pas le moment d'en débattre.

Max ouvrit la première porte à gauche : la chambre de Kyle. Une vraie porcherie… Mais pas trace de Kevin.

Michael écarta son ami et ouvrit le placard.

Toujours pas de Kevin.

Max se précipita dans la pièce voisine : le bureau du shérif, encombré de papiers.

— Kevin, si tu nous entends, fais du tapage pour nous guider ! cria Trevor.

Pour qui se prend-il ? Il est sur Terre depuis un jour et déjà…

Pas maintenant ! se tança Max.

Il tendit l'oreille et crut entendre des coups étouffés.

— Qu'en pensez-vous, les gars ? Sous le…

— Oui, répondit Michael sans hésiter. Sous le plancher ! Il doit y avoir une planque.

Dès qu'ils entrèrent dans la chambre à coucher, Max sentit une onde de curiosité monter de la conscience collective. Certains êtres, intéressés par le couvre-lit, voulaient en connaître la texture.

Le jeune homme se plia d'abord à leur désir. Il fit un pas en direction du lit… puis s'arrêta et « baissa le volume » des émissions de la conscience collective. Il sentait qu'elle le suppliait de toucher le couvre-lit, de s'y allonger, de se rouler dessus…

— J'ai trouvé ! annonça Michael.

Il tira sur un anneau et ouvrit une trappe.

— J'y vais, dit Max, s'accroupissant devant l'ouverture. Reste ici, Michael. Je te passerai Kevin.

Il se glissa dans l'espace exigu et commença à ramper, évitant de se cogner la tête.

L'obscurité n'était pas un problème pour lui. Il repéra vite l'enfant.

— Ta sœur est là-haut, dit-il au gamin pour le rassurer, sans cesser d'avancer à quatre pattes.

Kevin poussa un cri étouffé par son bâillon.

On dirait que Kyle lui a fourré une balle de tennis dans la bouche avant de lui coller du ruban adhésif sur les lèvres…

Max serra les poings. Kyle avait de la veine que sa victime ne soit pas morte étouffée !

Oui, beaucoup de chance…

Un clou qui dépassait d'une poutre déchira sa chemise et lui entailla le dos. Il ignora la douleur.

— Je suis là, murmura-t-il.

Il tendit une main et arracha le ruban adhésif d'un coup sec.

Le gamin cracha la balle de tennis et prit une profonde inspiration.

— Pourquoi ? haleta-t-il.

Max ne s'attendait pas à cette question.

— Ce type est dingue…

Il espéra que Kevin ne chercherait pas à approfondir le sujet.

— Sortons. Tu pourras me suivre ?

Kevin lui jeta un regard éloquent.

« Tu es abruti ou quoi ? »

— Oui, si tu me détaches les pieds et les mains !

Max s'empressa de le débarrasser de ses liens.

Peut-être devrais-je les garder, histoire de rappeler à Kyle ce qu'il a fait subir à un enfant.

Dès qu'il fut libre, Kevin rampa vers la lumière qui filtrait par la trappe ouverte.

Il allait beaucoup plus vite que Max.

Parfois, être petit a du bon, se dit ce dernier en se faisant avoir une deuxième fois par le clou.

— Ça sent la crotte de souris dans ce trou ! gémit Kevin.

— C'est vrai, approuva Max. Nous remontons ! cria-t-il à Michael.

Kevin était déjà en train de se hisser hors de sa prison.

Une seconde plus tard, une main se tendit vers Max. Il la prit sans hésiter et se laissa à moitié tirer hors du tunnel.

Deux constatations le frappèrent.

Ce n'était pas Michael, mais Trevor qui l'aidait à remonter.

Et la main libre du jeune homme se tendait vers sa poche.

Le volume des émissions de la conscience collective monta. Un cri d'avertissement éclata dans le crâne de Max, lui faisant voir des points rouges.

— Michael, il essaie de me voler la Pierre de Minuit ! cria Max.

Michael détourna son attention de Kevin.

Trevor retenait Max en le plaquant contre la trappe. Max avait saisi le poignet de Trevor, l'empêchant de glisser son autre main dans sa poche. Michael vit les bras de son ami trembler, tant était grand l'effort qu'il faisait pour empêcher Trevor d'arriver à ses fins.

— Tu peux m'expliquer ce que tu fais ? cria-t-il à son frère.

— Ce qui est nécessaire, répondit Trevor sans se retourner.

Le pouvoir crépita. Michael le sentit vibrer dans le sol, les murs et son propre corps… Lequel des deux combattants était en train de charger ses batteries ? Max ? Trevor ?

Ou les deux…

Une chose était sûre ; cette énergie risquait de faire beaucoup de dégâts.

Le pouvoir se libéra ; Trevor vola à travers la chambre, s'écrasant contre la commode et brisant le miroir accroché au-dessus.

Michael se précipita, mais Trevor se relevait déjà, indemne. Le regard froid et déterminé, il revint vers Max.

— Pourquoi tu ne fais rien, Michael ? demanda Kevin.

Parce que je ne sais pas quoi faire ! voulut crier le jeune homme.

Il n'y avait pas de solution à son dilemme. Intervenir, c'était prendre fait et cause pour l'un ou l'autre. Quelle que soit sa décision, il blesserait son meilleur ami ou son frère.

Michael les dévisagea tour à tour.

Près du placard, Max n'esquissait pas un geste. Mais il était *prêt*.

Trevor ne quittait pas Max des yeux. Avec un grognement furieux, il se jeta sur son adversaire.

— Arrête, Trevor ! cria Michael.

S'il percutait Max à cette allure…

Il y eut une nouvelle explosion de force. Michael vit son frère valser dans les airs et percuter le plafond avant de retomber comme une masse.

La violence de l'impact fit trembler la maison.

— Vous avez besoin d'aide ? demanda Adam, resté dans l'entrée.

— Non ! répondit Michael. Reste où tu es !

Tous risquaient d'être blessés.

Michael se surprit à espérer que son frère reste au tapis. Mais il se releva.

Bien sûr, il a des pouvoirs de guérison.

— Laisse tomber, Trevor, tu n'es pas de taille contre moi. Pas tant que j'aurai *ça* en ma possession !

Max sortit la Pierre de Minuit qui jeta une vive lueur, baignant les traits du jeune homme d'une lumière bleu-vert.

— Trevor, il a raison ! dit Michael. La Pierre de Minuit est plus puissante que tu ne l'imagines.

— La lutte prendra fin avec ma mort, annonça Trevor.

— Tu l'auras voulu ! répondit Max.

Michael devait agir.

Maintenant.

Il se tourna vers Max.

— Tu n'as pas besoin de le tuer. Tu contrôles la situation… Sers-toi de la Pierre de Minuit pour l'immobiliser. Ensuite, nous déciderons.

— Merci pour ton soutien, petit frère ! ragea Trevor.

— Tu m'as menti ! dit Michael, sans quitter Max des yeux. Alors garde tes reproches pour toi !

Mais il ne laisserait pas son frère mourir.

Au creux de la paume de Max, la lumière se fit plus forte.

— A ton avis, Trevor, que va-t-elle te faire ? demanda-t-il.

— Max, reprends-toi, bon sang ! cria Michael.

Max était devenu aussi impassible qu'une statue. Connecté à la conscience collective, il n'était plus lui-même. Son corps était là, mais… il n'était plus aux commandes.

Michael pouvait espérer raisonner Max. Mais il n'avait aucune influence sur la *créature* que son ami était devenu.

— Trevor, tu dois arrêter ça tout de suite ! Si tu essaies de l'approcher, c'est un suicide.

— Aucun problème ! cria son frère.

La Pierre de Minuit brillait tellement que Michael en eut les larmes aux yeux.

Un bras tendu, Max menaça Trevor.

Réagissant d'instinct, Michael se jeta sur Max, le plaquant au sol. Il lui flanqua un coup à la main, expédiant la Pierre de Minuit à travers la pièce.

— Tu dois revenir, Max ! Déconnecte-toi, bon sang !

Il saisit son ami par les épaules et le secoua. Quand il le vit redevenir plus lucide, il le lâcha.

— Ecarte-toi, Michael, dit Trevor.

Michael se tourna vers son frère.

Il avait la Pierre de Minuit. Sa lumière bleu-vert était si vive qu'on ne pouvait la regarder.

Son pouvoir était dirigé contre Max.

— Non ! dit Michael.

Il s'interposa, protégeant son ami.

— Que se passe… ? commença Max d'une voix pâteuse.

— Ne bouge pas ! cria Michael.

— Max appartient à la conscience collective, qui se sert de lui ! Il doit mourir. Ecarte-toi, Michael !

— Non !

Michael ne voyait pratiquement plus Trevor, tant la lumière était forte.

— Michael, la conscience collective est une abomination, insista Trevor. Si je pouvais tirer Max de ses griffes, je le ferais. Mais c'est impossible. Ecarte-toi !

La voix du jeune homme tremblait. Toute son assurance avait disparu.

— Non !

Michael ne bougea pas. Il n'en avait pas l'intention.

— Les gars ? Kyle arrive vers vous ! cria Alex. Désolé de vous dire qu'il a joué les Mike Tyson… Il est libre.

La porte s'ouvrit et percuta le mur sans que Michael s'en inquiète. Kyle était le cadet de ses soucis.

— Ne m'oblige pas à te tuer, Michael ! implora Trevor.

— Qui t'y oblige ? Pose cette…

Un grincement retentit, si aigu que Michael crut que ses tympans explosaient.

Puis le monde devint blanc.

Le sol se déroba sous ses pieds…

… Michael vola dans les airs…

Une éternité plus tard, il fut projeté sur le sol.

Quand il put de nouveau respirer, il se mit à genoux. Il devait retrouver Max, mais sa vision était troublée par des points tourbillonnants.

Trevor s'était servi de la Pierre de Minuit.

— Max ! cria Michael, paniqué. Ça va ? Réponds-moi !

Il cligna des yeux, repéra une silhouette et rampa vers elle.

C'était Max.

Il tendit une main et chercha son pouls. Faible.

Il est vivant…

— Qu'as-tu fait ? cria Trevor.

Michael bondit sur ses pieds et se campa face à son frère.

Il regardait la Pierre de Minuit nichée au creux de sa paume. Elle ne produisait plus la moindre lueur.

Elle est comme… morte.

— Qu'as-tu fait à la Pierre de Minuit ? répéta Trevor, menaçant.

— Rien, répondit Max.

Il se redressa sur un coude, s'asseyant avec difficulté.

— Une chose est sûre, ce n'est pas moi, dit Michael.

— Oh, ça doit être moi, alors…, lança Kyle.

Il était debout dans l'encadrement de la porte.

Michael vit Adam, Alex, Isabel, Liz et Maria essayer de l'écarter pour rejoindre leurs amis dans la chambre.

— Ce joujou est d'une efficacité redoutable, continua Kyle, caressant amoureusement un petit disque argenté. (Levant les yeux vers Michael, il ajouta :) Et maintenant, vous allez me dire ce que je veux savoir.

Achevé d'imprimer sur les presses de

BUSSIÈRE

GROUPE CPI

à Saint-Amand-Montrond (Cher)
en mars 2002

FLEUVE NOIR
12, avenue d'Italie
75627 Paris Cedex 13
Tél. : 01-44-16-05-00

— N° d'imp. : 21468. —
Dépôt légal : avril 2002.

Imprimé en France